中公文庫

広島風土記

井伏鱒二

中央公論新社

目次

I

Ⅱ

広島風土記

I

広島風土記——早廻り記

朝の五時ごろ広島に着いた。天城家という宿で朝飯をたべ、同行の丸山君とカメラの濱谷君は、食後、中国新聞の人の案内で爆心地の撮影に出て行った。私はあの荒廃の趾《あと》はもう見たくなかったので、ひとり宿に残っていた。すると「平和の鐘」といわれている鐘の音が聞えて来た。梵鐘の音ではない。近くの平和記念堂という教会で鳴らす鐘声である。この鐘は、罹災した広島市へ西独のケルンの町から寄贈されたもので、朝と晩の七時を期して鳴らされる。ここの宿の廊下で朝日にぬくもりながら耳を傾けていると、ケルンの鐘は高くもなく低くもなく、頃あいに聞えて来る。

丸山君たちは、原爆慰霊碑や爆心地の趾やイサム野口設計の橋を見て来たと云った。慰霊碑もイサム野口設計の橋も、アブストラクトという新形式のもので、いずれも灰色のコンクリート造りである。こんなのは直接工事に当る職人の技術や感覚も問題だろう。濱谷君の話では、爆心地の趾でケロイドの出た瓦を売る店を見て来たそうである。昨年の五月、私はその店で瓦を買って来たが、水素爆弾の実験でビキニの灰が降るようになってから、急にその瓦が怖《おそろ》しくなって庭の手洗鉢の根元に棄《す》てた。今でもそのままになっている。瓦のケロイドは無釉陶器の自然釉とは違って、瓦土そのものから何やら噴きだした感じで荒い土肌を見せているかと無気味である。

広島には未だに原爆症の患者が出る。今年は六人出た。去年は七十人その病気で死んだ。原爆直後、近郊から広島へ駈けつけた人たちのうちにも発病する者がある。中国新聞の記者の話だが、あの一発の弾丸は広島二十七万の人口のうち二十四万の人を殺している。ところが先日その爆心地の趾で、一人の日本娘がアメリカ水兵と腕を組んでいる写真をとった。それを見た自動車の運転手が、広島弁で「シマシャアガル」と呶《ど》鳴《な》りつけた。この言葉は標準語になおしにくいということだが、アメリカ水兵の遊覧案内をする運転手とはいえ、若い男として実に無理からぬ発言だろうということであった。私は広島県の生れでも、広島市から四十里ある福山在の生れだから、「シマシャアガル」という意味がわからない。福山在の言葉で云って「キャアクソガ悪イ」という意味に近いのだろうか。広島市の人には「キャアクソガ悪イ」という意味は通じない。安芸《あき》と備後《びんご》では幾らか言葉が違っている。

昼食後、宮島へ行った。私は今までに山陽線は幾度も往復したが、宮島へ渡ったのは今度が初めてだ。

旅行季節とはいえ、びっくりするほど沢山の観光客が押しかけていた。中学生、小学生の団体が、引きもきらず船で島へ運ばれていた。桟橋にあがって海岸通りを行くと、道が柵で塞いである。広い道は進駐軍の自動車道路だから「通行禁止」という立札が出してある。実際は観光客が土産物屋の並ぶ細い道を通るようにするためだろう。この島の住民は、すべて観光客を相手に暮しを立てている。農耕することも魚類を捕ることも木樵《きこり》をすることも許されない。磯の貝を採ること、旅館、土産物屋を経営すること、木工細工をすることなどは許されている。島全体が清浄な御神体だとされているためである。今でも死人があると対岸に埋葬する。墓というものは一つもない。赤ん坊の臍《へそ》の緒《お》も対岸に持って行って埋めている。犬猫の死骸も島には埋めない。

この島は瀬戸内海の他の島と同様に花崗岩の台地だが、他の島は禿山になっているのが多いのに、この島だけ樹木がよく茂っている。原生林のまま残っていると思われる箇所も尠《すくな》くない。樹木を大事にする島の見本である。

引汐のため丹塗《にぬ》りの大鳥居が干潟に立っている。私が子供のころにはこの大鳥居と鹿が宮島のシンボルのようなものとされていたが、鹿は太平洋戦争のどさくさでみんな食料にされてしまったという話であった。ところが道ばたに牡鹿が一匹いて、そのそばに記念写真屋が写真機を立てて客を待っていた。近づいて見ると鹿は剝製であった。その鹿の目が悲しげに見えた。四本の脚は、地面に打ちこまれた太い針金で支えられ、脚の爪が地面から浮きあがっていた。その背景が大鳥居である。この鹿を入れて一つ写真を撮ってもらおうと思ったが、カメラマンの濱谷君はここだけは急ぎ足に歩いて行った。

お宮の廻廊は壮観である。その入口に靴のカバーの代りの草履を置いてあった。鼻緒に紐がついていて、造作なく靴の裏に取りつけられるようになっている。進駐軍が来るようになってから、この方法が発明されたそうである。

廻廊を巡って行くと拝殿だが、このお宮は建築様式から云って普通のお宮と変っている。拝殿は城の天守閣の大広間のような趣である。廻廊から見える高みに、古い寺にあるのと同じ五重の塔が建っている。大鳥居も太い柱を土に埋めてあるのでなくて、ただ四本の脚と一緒に自分の重みで大浪にも流されないように立っているだけである。底つ岩根に太柱を立てるという式でない。規模こそ大きいが、いったいにあっさりとしたやりかたで、造りも瀟洒《しょうしゃ》であり、明るく開けひろげの感じである。廻廊にセキレイがまぎれこんでいるのが愉快であった。

このお宮は淵源が知れぬほど古く、後に平清盛が氏の神様として大々的に改築して以来、大いに繁栄したと云われている。伝説によると、清盛はここを氏神の宮とする前に、尾道《おのみち》の向島《むかいしま》を厳島《いつくしま》にするつもりで工事に着手したが、都合によって取止めにした。今でも向島には厳島という場所があるというが、私は尾道の人に話で聞いただけで確かなことはわからない。氏神といっても交易の本拠に使う用意はあったろう。

　宝物を見物した。一ばん見たいと思っていた檜扇《ひおうぎ》は、光線の加減で絵がよく見えなかった。次に、義家着用の鎧と云われている卯の花おどしは、修理に出してあるので見られなかった。平家の納経は三十何巻のうち、一巻だけ清盛自筆の部分を拡げてあった。工芸版だろうが優雅な筆蹟である。

　この島には土産物屋も多いが旅館も沢山ある。私たちは小川沿いの岩惣という宿に泊った。鬱蒼と木が茂って小川の水が音をたて、キジバト、ホオジロなど庭木にとまるので、山のなかの宿に来ているように錯覚する。トビやカラスは不自然なほど沢山いる。修学旅行の子供が山で弁当殻を棄てるので、こんなに沢山いるのだろうか。

　翌日、宮島を発ち、広島で呉《くれ》線に乗換えて呉に下車。数年前、ここには進駐軍が溢れるほどいると聞いていたが一人も見かけなかった。今では、この町の郊外に幾らか駐屯しているそうだ。

県から川尻に行き、近頃遊覧地として開発された野呂山に登ったが、道に迷って途中から引返した。遊覧地というのに人げのない山道だから、誰に道をたずねることも出来なかった。道しるべは、一度だけ小さな木製のものを見つけたが、それも引抜いてころがしてあった。濱谷君はその道しるべを差上げて地面に落し方角を占ったが、急ぎの旅だというので私たちは山麓に引返した。眺望のことなど殆ど念頭になかったほど中途半端な遊山であった。

私は中学生のとき、春休みに友達と一緒にこの辺の道を通る徒歩旅行したことがある。いまでは風景のことなどすっかり忘れたが、どこかの峠を越えるとき、寒冷紗を張った苗床に綺麗な娘さんが如露で水を撒いていた。「何の苗床ですか」ときくと「煙草の苗床です」と云った。たったそれだけのことだが、いま思い出しても悪い気持ではない。その記憶と野呂山の印象とがどうもうまく結びつかないのである。

川尻から尾道に行き、海岸の宿へ鞄をあずけて千光寺の裏山へ登った。自動車道路が山頂の見晴台まで通じ、眺望は観光客に誂え向きである。新しく料亭なども出来ている。私たちは千光寺を見物し、そこから町におりる途中、もと志賀直哉氏仮寓の家を捜した。細い道が入りくんでいて容易にわかりにくい。節句の幟《のぼり》を染めているおかみさんに道をきくと、すぐそこだと教えてくれたが見つからない。それで道ばたにいた子供に「志賀さんの家は、どう行ったらいいか」ときくと、子供は言下に「志賀直哉だろ」と云って道案内してくれた。濱谷君がお礼にその子供を撮影した。

尾道に一泊し、次の日は福山からバスで十五里北の帝釈峡へ行った。途中の高原地帯には、至るところに山梨の花が咲いていた。帝釈峡には、谿谷を堰きとめて出来た湖水がある。よその人造湖水に較べて大差ない構えだが、ここの遊覧中心部に当る山に、人に馴れた二百匹ばかりの野猿がいるので人気を呼んでいる。そこの猿の番人が、私たちに猿の習性について話してくれた。やはり猿の仲間にもボスがいるそうである。ここでは二組に分れ、一組に一匹ずつボスがいる。私たちの目の前に現われたのは半眼のボスであった。女房に当る牝を五匹か六匹か持っている。その一匹のハルコさんと名づけられているのが、赤んぼ猿を腹にしがみつかせていた。名前は番人がつけたのだと云う。番人が「ハルコさん」と云って芋を投げてやると、ほかの猿たちはハルコさんが芋を拾って食べるのを見守っているだけで、傍から手を出そうとしない。もう一匹の、ハナコさんという牝猿も赤んぼ猿を持っていた。抱いているのではなくて、赤んぼ猿が母猿にしがみついている。

番人の話では、ハナコさんはボスの細君ではなくて、一群の見張役をする年齢十歳になる牡猿の細君である。この見張役の猿は今年になって初めてその細君を持ったそうである。子猿、中猿など、五六匹ずつ入れかわり立ちかわり現われて、番人の投げてやる芋や林檎や豆など食べた。そのあとで熊笹の芽を抜いて柔らかいところを食べた。ときには赤土や、松の木の薄皮なども食べるそうだ。ハナコさん、ハルコさんのほか、猿にはそれぞれ名前がついている。

そこの猿のいる山を降りて隧道《ずいどう》を通りぬけると、中猿の群がふざけ散らしていた。運動会をしているのだろうと丸山君が云った。濱谷君がカメラを向けてその群に近づくと、ふざけ散らしながら少しずつ離れて行った。湖水の対岸にも猿が水を飲みに現われた。これは人に馴れていない群だから、絶対にこちら側の群と一緒にならないそうだ。

私たちは広島県の消費面ばかり見て来たので、今度は生産面に転じて牧場を見ることにした。早廻り旅行だが山のなかのことで交通が不便だ。帝釈峡から帝釈の部落へ出るのに、四辺形の三辺を行く大廻りをして、東城から山越えで帝釈の部落に出た。

帝釈は切り断ったような絶壁の根の川沿いにある小部落だが、近県からも参詣者の多い寺があるので宿屋が二軒ある。私たちは角屋という宿に着いた。海抜八百メートルの土地だからまだ炬燵《こたつ》があった。「今朝、霜がおりました」と女中が云った。ここにいて映画を見るときにはどこに行くのかと女中にきくと、「三次《みよし》の町に行きます。

福山の町に行くこともありますと云った。福山へはバスで十五里である。女優のうちでは田中絹代が好きかときくと、「芸は達者ですが古いです。高峰秀子が好きです」と云った。宿から少し川下の対岸に、川瀬の水車があった。低い渓流の水を、高みの田圃へ汲みあげる水車である。この部落の戸数四十戸前後に対して、床屋が二軒ある。お寺の子守男が私に「あんたのような年寄の人は、あっちの床屋が良いでしょう」と云って、わざわざ床屋へ案内してくれた。元来、私は旅行中、手っとり早くその土地の大略を知るには、床屋に行って親爺さんと話すのが便法だと心得ている。

帝釈の床屋は、私の知りたい水車のことについて話した。この部落には一昨年まで水車が六台あったが、二台が洪水で流されて現在四台ある。一台につき七八万円の製造費である。この水車で一段歩《たんぶ》の田圃を灌漑《かんがい》するのに一時間かかる。いわゆる淀の川瀬の水車というのがこれであるが、淀川の水車は仕掛も遥かにまだ大きかったろうということである。しかし構造は同じであったろう。水車の輻《や》のさきにある板が川の流れを受けて車が廻るにつれ、板の附根にある木製の筒が、低きより高きへ水を運ぶ仕掛になっている。ここの帝釈の川筋には、最近の動力ポンプが行きわたる以前は、下流に至るまでこの式の水車があったと床屋が云った。

翌日、角屋の朝飯の献立は次の通りであった。

みそしる（麩《ふ》、ねぎ）
赤はら、やまめ（塩焼）
中ぞこ（たけのこ、さや豌豆《えんどう》、椎茸《しいたけ》、わらび、松永かまぼこ）
焼海苔、おしたし（パセリ）、生卵（一箇）、漬物（二切）――以上。

――尚、私は宮島の宿でも、尾道の竹村屋という宿でも、夕飯の献立を書いてもらった。帝釈の次に、鞆《とも》ノ津《つ》で泊った対山館でも書いてもらった。同じ県内でも場所が変れば食物のつくりかたが変り、風土色が現われるだろうと思ったのであった。私はその献立表を持っているが、宮島でも尾道でも鞆ノ津でも私には宿の料理が贅沢すぎた。何だか書きたくない気持がする。料理の品数も多すぎた。鞆ノ津の宿では、品数だけでなく分量も多すぎて、お通しの烏賊《いか》の雲丹《うに》あえと、鯛と烏賊と鱸《すずき》のお造りの一皿と、鯛の塩焼を食べるだけで腹いっぱいになってしまった。献立表を見ると、そのあとにまだ、今ではおいしそうに思われる料理が五皿と水菓子がついていた。勘定は丸山君の受持だから私は値段は知らないが、何も丸山君は特別の料理を注文したわけではない。

さて、生産面の話。

帝釈から牧場へ行くために、山間の庄原市を通って七塚原へ出かけると、雨が降りだして牛も羊も小屋に入れてあると云う。それで備後絣《かすり》の織物工場を見学することにして、庄原から山越えの車で府中の町に出ると、あいにく日曜日で工場が休みだと云う。そこで織物問屋へ行こうと話をきめ、府中と目と鼻の新市《しんいち》町に行き、鍋屋という鋳物工場に寄って支配人に織物問屋を紹介してもらった。この鍋屋では、鋳物の風呂釜や、薬品を処理する大釜など造っている。この種類の鋳物は広島県が全国生産の六割を占め、鍋屋はそれの何割かの生産高を見せている。

　織物問屋は日曜日でも、鍋屋の口添だから倉庫の二階を見せてくれた。梯子段を登る前に紺の匂がした。藍玉で染めた反物の匂である。反物が山と積まれていた。この町を中心に近傍一帯は、何十年も前から備後絣の主要生産地で年産二百万反を出している。主要販路は東北地方と北海道である。山形や秋田方面で農家の田植のとき、若い女が赤い襷《たすき》をかけて着ている紺絣は、たいていこの新市あたりで出来る備後絣である。洗濯すればするほど色が鮮明になる。絣の柄は生産工場の各自の発明で、年を追って洒落《しゃれ》て行く。大体のところ絣柄は四五百種類ほどもある。

　新市から鞆ノ津に行った。鯛の網下しは八十八夜すぎてからである。八十八夜から五月いっぱい、魚島《うおじま》といって鯛の味の絶頂に達している期間である。瀬戸内の東西の関門から入りこんで来る鯛は、備後灘《なだ》の走島《はしりじま》を中心に、横島、田島《たじま》の附近に産卵し、五月の終ごろ一せいに西に去って行く。来るときは東西から、去るときは西方へである。もうそのころは魚島すぎての麦藁鯛で味も駄目になるが、西の方の周防《すおう》灘の方の人は、鯛はこれからがうまいと云うから不思議である。

鯛の相場の中心は尾道である。多いときは毎日千貫以上を水から揚げている。しかし鯛のうまいのは鞆ノ津、と昔から云われている。一昨々年あたりから、尾道の駅でも福山の駅でも、魚島の季節には鯛の浜焼を持って急行列車に乗る客が増えたということである。浜焼の鯛は御飯むしで蒸《ふ》かしてから食べると良いそうだ。

鞆ノ津で、浜の生簀《いけす》の鯛を掬いに行った。その案内をしてくれた宿の女中が、私に

「お客さんは、鞆は初めてではないでしょう」と云った。「十年前に、田島へ魚釣に行った帰り、お前さんのところの宿へ行くと、満員だと云って断わられた」と云うと、

「五六年前にも、お客さんは同じことと云われました」と云った。私はその女中のことを思い出した。五六年前の夏、数人の友達とこの宿の釣船で沖に出た。そのとき、釣った魚を処理するために同船した宿の女中がこの女であった。その女中が船に暈《よ》ったので、田島に船をつけて上陸させ、私たちは釣をして鞆ノ港に帰って来た。ところが、女中を島に置き忘れたと気がついたので田島へ船で引返すと、女中は砂浜のわきの姥目《ばべ》樫の木の下で海水帽を顔に乗せて眠っていた。「おおい起きて来い」と船から大

声で呼ぶと、女中はむっくり起きあがり、渚へ駈けだして来て「私、船に暈ったのは初めてでした。どうもすみません」と謝って船に乗った。

「あのとき、島流しにされていた女中さんだね。バベの木の下に眠っていたろう」と云うと、

「私、船に暈ったのは、あのときだけでした」

と云った。気のいい呑気そうな女中である。

仙酔《せんすい》島にも行ってみた。以前、私は小学生のとき夏休みにこの島の宿に泊っていたが、そのころに較べると全く隔世の感がある。小さな島に大きなホテルを建て、遊覧客を見送るのに拡声器で螢の光の曲を聞かせている。桟橋に出る者が人工の洞門を潜りぬけるように、岩の崖を掘抜いてある。

あと、福山のことを書く余白が無くなった。私は福山で中学生のころ、図画の時間に川の堤防へスケッチに引率されて行った。体操の時間にもたびたびこの堤防に引率されて行った。季節は忘れたが体操の時間に連れて行かれたとき、ここの草原で女の乞食が人手を借りないで赤んぼを産み、川の水で産湯をつかわせると、すぐそれを負ぶってすたすた歩いて行くのを見た。その後、体操の先生が、体力ということについて訓諭のとき、あのときの女乞食は体力を鍛錬していたから強いのだと云って、私た

ちの度胆を抜いた。

この川は蘆田川と云う。川口近くの砂洲が美しい。このあたりの風景が、私は福山附近では一ばん好きだ。

志賀直哉と尾道

せんだって私は尾道に行き、そこかしこ寺めぐりをしているうちに、尾道警察署勤務の下見喜十氏に教わって、かつて志賀直哉氏の仮寓されていた家を知る事ができた。その家は「暗夜行路」に書いてあるように、千光寺山の中腹にある棟割長屋のあばら屋にすぎないが、「清兵衛と瓢箪」や「児を盗む話」をはじめ志賀さんの幾多の名篇が、この家で構成されたのかと思えば棄てがたいものだと思われた。志賀直哉氏の作品は不朽であるに違いないにしても、記念すべきこの家は軒が傾き壁もくずれ落ち、今にも取払われそうな運命にある。日本文学史の参考品として、これはどうしても書きとめておかなくてはならないだろう。

先ず私は、この棟割長屋の家主と地主を訪ねた。地主というのは、この長屋の直ぐ近くにある宝土寺の住職である。私はこの寺の庫裏に通され、古備前の湯こぼしを置いた部屋で住職は私にお茶を飲ましてくれた。私が棟割長屋のことを話すと、住職は娘さんを呼んで代弁させ、志賀さんの小説は知っているが、志賀さんがあそこに住んでおいでになったことは夢にも知らなかったと云った。実に初耳であったと云った。

家主は、尾道警察署前の炭屋の主人、小川甚三郎という人である。この炭店の主人はけげんそうな顔をして、あの長屋を保存しろと云ったって、あんなぼろ家を修繕しようにも修繕できるものではないと云った。私は炭屋さんに文学談をしたくなかったので、不本意ながら黙って引きさがって来た。

しかし宝土寺住職とその息子さんは親切な人で、もしあの家を御覧になりたいなら案内しましょう、と息子さんが私をその長屋に連れて行って説明してくれた。現在のところ、この棟割長屋には右手の端の家に巡査の家族が住み、左の端の二階建につくりなおした家には土工が住んでいる。まんなかの家は、特に荒れはてているので数年このかた借手がないというのであった。もちろん私は借りるつもりもないので家賃などのこともきかなかったが、その家の廊下に立って前方を見渡すと「暗夜行路」の描写にそっくり合致する眺望であった。

直ぐ目の前に向島が見え、その島の岡の切れめに遠く百貫島の燈台が見える。向島の船渠《せんきょ》には修繕中の汽船がいて、誰か鉄槌で鉄板をたたいている音がカーンカーンときこえて来る。「暗夜行路」に書いてあるのと寸分ちがわない。ただ一つ志賀さんの寓居当時と違うのは、この家の直ぐ下に新しい家が建築されたので、こちらは縁側で伸びあがらなくては百貫島が見えないことであった。

家主の小川炭店の主人はたいへん痩せている人であった。いつごろからあの軒の傾いた貸家を差配しているのかと聞くと、十五年前に薪木《たきぎ》売りの後藤という人から、借家人ごとこの家を買いとったという。はじめその薪木売りは、田舎の家をほぐした古材木でこの長屋を建てたということで、二十年あまりも前の借家人であった志賀さんをこの炭屋が知っているはずがない。しかしこの炭屋さんは、棟割長屋の右の端の家に住んでいたお婆さんのことだけはぼんやり知っていた。「暗夜行路」に取扱われているお婆さんである。名前は田組アイ。数年前までこの長屋にいたが年が寄って、真白く小さくなって三原か糸崎の方に船で運ばれて行ったそうである。たいへん正直な気だてのいいお婆さんで、日ごろ村上のおばさんという婦人と仲がよかったと炭屋さんは云った。

私は村上のおばさんという人を訪ねた。その住いは棟割長屋の前を左手に行ったところにある。見はらしのいい別荘風の家である。しかし、あいにく留守だったので、この家に永らく下宿していた尾道女学校教師の角田さんという人を訪ねた。この人は私が訪ねた時、廊下に坐って末松青萍《せいひょう》博士訳の「谷間の姫百合」を読んでいた。明治二十年代ごろの飜訳本である。角田さんは考証的なことが好きなのであろう。私が初対面の挨拶をすると、角田さんはそういう話相手をほしがっていたものか、嬉しそうにしてこの尾道で初代文楽の墓を見つけたと云った。つい最近、この裏のお寺の墓地で、碑文字のはっきり刻まれているその墓を見つけたという。たまたま散歩のついでに見つけたそうであった。

　私は初代文楽の墓前に連れて行ってもらったが、それはそれとして角田さんの語る村上のおばさんに関する話に興味を持った。村上のおばさんは確かに田組アイ婆さん（小林という姓であったとも云う）と親しい仲であった。しかし村上のおばさんたちは、そのころ近所に仮寓していた志賀さんを注意人物だと思い込んでいたという。アイ婆さんだけは志賀さん志賀さんと云って志賀さんを尊敬していたが、近所の人たちの見る目には、どうも志賀さんという人の様子が怪しいのであった。朝は遅くまで寝ていて、夜になると何やら机の前でつらそうに考え込み、時によっては、たとい夜中でも不意に東京に行って来ると婆さんに云い残して街におりて行く。そして東京に出かけて行くと、きっとざくざく銭を持ち帰るらしい。どうも怪しいというので、村上のおばさんをはじめ近所の人たちは、アイ婆さんをのぞくほか誰も志賀さんをおそろしい人だと思っていた。ところが志賀さんが尾道を引きあげた後、よほど年月を経てアイ婆さんのところへ、志賀さんから新刊の「暗夜行路」を送って来た。婆さんの鼻の高さはなみたいていではなかったが、この婆さんはろくに字も読めないし、もう目がかすんでこまかいものは見ることができなくなっていた。それで村上のおばさんが婆さんのために「暗夜行路」を少しずつ朗読してやることになった。近所の長屋のおかみさんたちも、それを志賀さんが書いたのかと集まって来て村上のおばさんの朗読を傾聴するようになった。

雨の降った日や仕事のひまなときには、長屋のおかみさん連はアイ婆さんの家に集まって、村上のおばさんに「暗夜行路」を読んでもらう習慣になった。みんな傾聴するのであった。なかんずくその文中、アイ婆さんが尾道弁で話すところや尾道風景の描いてあるところを朗読する段になると、おかみさんたちの所望によって村上のおばさんはくりかえしくりかえしそこを朗読した。するとアイ婆さんはおきまりのように涙にかきくれて、もうその部分だけは文章を諳記しているおかみさん連は声をそろえて諳誦する。おかみさん連の楽しさはまた格別であったろう。「暗夜行路」の愛読者は全国に何百万人あるかしれないが、こんなにうっとりとこの小説を読み込んだものは、尾道の宝土寺裏に住む長屋のおかみさん連ではなかったろうか。――角田さんはそう云っていた――その後、アイ婆さんは老齢のため起居困難になった。長屋の連中が寝起きの面倒を見て、ときどき志賀さんから金を送りとどけられたので暮しむきも助かった。志賀さんは汽船で尾道港を通過する時など、運送船の水夫に婆さんへよろしく云ってくれとことづけをして、婆さんに金銭を届けたそうだと角田さんが云っていた。この話は角田さんに直接きく方が滋味がある。

私はそれから白金岩兵衛さんという老齢の按摩にも会った。単に物好きばかりのためではない。上述の説明でも暗示しているだろうが、小説がそのモデルにどんなに美しく反応し作用しているかという点に興味を持ったからである。「児を盗む話」にも「暗夜行路」にも、按摩の岩兵衛さんをモデルにしたと思われる人物が現われる。この按摩さんは目が見えないが、「暗夜行路」を知っていたばかりでなく、仏書を愛読していると云っていた。彼は点字の書物を取出して来て、「これなんか、仏書のうちでも、ややこしい本ですけえのう」と云った。何という名前の仏書ですかと聞くと「ブッガンですけえ」と云った。「暗夜行路」の点字の書物はまだ発行されていないだろう。岩兵衛さんは田組アイ婆さんからその小説の筋書や内容をきいて知っているのだそうである。もちろん志賀さんが尾道を引きあげてからずっと後のことである。志賀さんが按摩をとりに来たのはほんの一度か二度だけで、それも按摩がすむと直ぐ帰るし黙っている人だから、どんな人であったか岩兵衛さんは知らないと云った。「志賀さんも学者じゃけえ、よけいなことは云わんですけえなあ。云っても、学者の云うことは、わしにはわからんですけえ。それにわしも、よけいなことは云やあせん。学者が診察してもわからぬものは、わしなんかにわからぬ。按摩をしてもらいに来なさい来なさいとわしは云わん。わしは嘘を云わん」と、医学と文学をいっしょに考えているようであった。

　岩兵衛さんは毛糸のちゃんちゃんこを着て、その上に白い手術服を羽織っていた。今年六十九歳だそうである。子供は六人あったが四人なくなった。トシエという女の子は、志賀さんが尾道にいた当時、五つか六つであった。丸顔の可愛らしい子で、田組アイ婆さんもそう云っていたということだが、志賀さんも可愛らしい子だと云っていたそうである。可愛らしい子だから貰いたいと云ってもくれないだろう。それで文章でその子を盗んだことにして書いた、と志賀さんがアイ婆さんに云ったのを、アイ婆さんが岩兵衛さんに話したそうである。

「児を盗む話」に出て来る可愛らしい女の子のことにちがいない。私が岩兵衛さんとさしむかいでお茶をのんでいると、二十五六に見える女が洗濯物を干しに物干台へあがって来た。目の見えない岩兵衛さんはその気配に気がついて、

「あの子がトシエですけえ。今日は里帰りで、戻っとるところですけえ」

と小声で云った。丸顔ではないが、ふっくらとした顔の非常な器量よしで、おとなしそうな感じの女性である。

岩兵衛さんはブッガンという点字の仏典を指さきで読みながら、

「こうして読んでいても、わしは直ぐ忘れますけえ」

と笑いながら云った。しあわせな老人であるように見えた。

「暗夜行路」に出て来る婆さんの語る尾道言葉は、現在の尾道の人の話す言葉とはすこし違っている。純粋な古い尾道言葉だということである。岩兵衛さんの尾道言葉は、たぶん純粋な古い尾道弁ではないだろう。

尾道の釣・鞆ノ津の釣

尾道の漁師はコヅキ釣が上手だと云われている。なかでも尾道の吉和浦の漁師は大変に秀抜で、子供でもコヅキ釣ではよその浦の大人の漁師に負けていない。だから吉和の漁師がよその浦へ釣に出かけると、そこの漁師が竹竿を振って追い返しているそうだ。

そういう話を聞いていた。今度、私は尾道に行って吉和の新田益太郎さんという老漁夫に逢ったので、あの話は本当ですかとたずねた。

「そんなことはありません」と益太郎さんが云った。「よその漁区を荒しに行くと、悶着が起るのは当然です。吉和の漁師はそんなことは致しません」

益太郎さんは今年六十六歳だが、漁船のなかで生れたので母親の体内にいるときから釣をしていたようなものだ。四歳のときから四間、五間の深さのところのコヅキ釣をやりだして、六歳のときには三十尋《ひろ》、四十尋の深さのところを釣るようになっていたそうだ。

以前、私は吉和の漁師についてまたこんな話を聞いていた。この浦の漁師たちは、子供を学校に通わさないで船で漁に連れて行く。子供が学校に行って読み書きを教わると、天候を見定める勘が欠けて来るからである。一年も二年も学問をすると第六感が鈍って来る。

「実際、そんなものでしょうか。学問すると、概念的になりますかね」

私がそう云うと、

「いえ、そんなことはありません」と、益太郎さんが云った。

子供を学校へやらないのは、経済的な関係によるのだそうだ。子供も四五歳になるとキス釣くらいなことはできるので、陸《おか》に上ってから菓子など買ってやるだけのものは子供が自分で稼いでくれる。学校にあがるまでには相当に釣るようになれるので、第六感など問題ではなくて自然と船に連れて行く。今では、そんな子供は、尾道市役所が市立の寮に入れて学校に通わすようにしているという。

そこで尾道の海の釣場だが、益太郎さんは云った。

「この辺の海は、ずっと一年じゅうどこでも釣れます。この辺、いちめんに釣場です。魚のアパート村のようなものでしょう」

この辺は海の底が肥えていて、流れのところと流れのないところと入り交っている。魚が餌をあさって遊びまわるには都合がいい。その上、すぐ隣の松永湾は魚の養殖場のようなもので、引汐のときには漁師たちがゴカイを掘りに行く大きな干潟が現われる。ここから出るゴカイは尾道の問屋に集荷され、広く瀬戸内沿いの港に送られる。

「こんなに釣れるところは、他にはどこにもありません」

ここには、陸のすぐ正面に向島という周囲七里の大きな島がある。海は川かと思われる細長い瀬戸になっている。どんな大風のときでも大波の来るおそれがない。この瀬戸の入口に、こっぽりとした松永湾が控え、その湾を出ると十里四方の広さを持った燧灘《ひうちなだ》がある。備後灘とも云っている。この灘のまんなかごろに走島という周囲七里の島がある。上げ汐のとき、外洋の東西の海峡から瀬戸内に流れ込んだ汐は走島を目がけてやって来て、下げ汐のときには走島に背を向けて東西の海峡から外洋に流れて出る。ちょうど走島は、外洋から内海に流れ込む汐を、たとえば交通整理している中心地点になっている。昔、潮流を利用して行く帆船は、上げ汐のときに東から走島を目がけて来て、下げ汐になるまで尾道か鞆ノ津に休んでいた。

「燧灘は風もなく大波もなく、おとなしいところです。外海の魚はよくそれを知っています。魚島のときになると、三つの関門から魚が燧灘に集まって来ます」

いろんな魚が集まって来て、産卵がすむと東西の関門から外洋に出て行くが、尾道附近に居残ったやつは吉和の漁師が釣っている。先ず、そんなことだそうだ。

益太郎さんは現在（二月上旬）の尾道の釣について話してくれた。今は夜ならばハエナワだが、これは素人には手が出せないから略すことにする。昼間の釣がいい。これは漁師の船に乗せてもらって、漕いでもらいながら釣るこぎ釣と、碇《いかり》を入れて釣るせかし釣と二つある。以前、私は尾道でも鞆ノ津でも竹原でも釣をしたが、磯釣やせかし釣には撒餌をした。

「生きたエビを撒餌に使いませんか」

「エビのときは、藻エビ、または池のエビを使います。そのときの釣餌は同じエビを使います」

私は十何年前の二月上旬、大阪毎日新聞記者の石川隆士に教わりながら、竹原の突堤で生きた藻エビを撒餌に三歳のチヌ（黒鯛）を釣った。エビを海に振り撒くと、チヌはそれをどっさり食って食いぼけする。同じエビの餌でそこを釣る。そのときの手応えを覚えている。

「チヌは、餌を食うとき、尻尾で餌を叩きますね。たしかに、そんな手応えですね」

「いや、そんなことはありません。チヌは餌のまわりを廻ることがありますが、それが何尾もいると、尻尾で叩くように思われるのです」

益太郎さんの云うには、チヌは猜疑心の深い魚だから、オモリが落ちて行くとぱっと散るが、餌が落ちて行くのを見ると寄って来る。一尾、二尾、三尾と寄って来る。そこで危険を感じて後へ退くが、やがて他のやつが続いて来ると先を争って無意識に餌を食う。競争の気持で来るのだから、群が多いほどよく食いに来る。

「それをコビキ釣するとき、糸をどのくらいコビキますか。三寸ぐらいもコビキますか」

「いや、もっと。キスなら、二三寸から五寸ぐらい動かします。こぎ釣のとき、チヌなら二尺くらい動かします。丸いオモリです。静かに動かします」

益太郎さんは何尋の深さでも、チヌが今どうしているか、餌をどこまで呑みこんでいるかわかると云った。電話と同じように、手に持っている糸一本でわかるのだ。エビを餌のときなら、チヌはぱっと来る。エビの頭を銜《くわ》えるから（鉤《はり》はエビの頭にさしてある）同時に鉤を呑む。糸に重みがかかる。すぐ合せるのだ。ちょっと遅いと餌を取られている。

「ゴカイを餌のときと、手応えはどう違いますか。どう形容したらいいでしょう」

「ムシ（ゴカイ）のときは、ざぶ、ざぶ、ざぶ、ざぶ……と食いますな」

チヌ釣にカキを撒餌にする方法は、はじめに鞆ノ津の漁師が発明したという説がある。それで鞆ノ津に行って鞆ノ津の渡辺元一さんという漁師に逢って聞いてみると、元一さんはこの方法を「カキ撒き」と云った。次のような方法である。

カキを臼に入れて木の槌で叩き、ぐちゃぐちゃにならない程度に軽くつぶす。身と殻が、くっついているようにする。これを自分のアジロ（釣場）に持って行き、船を定着させて少しずつ流すのだ。カキは条になって汐下に流れるが、大きい殻は船の真下に沈み、小さいのが汐下に流れて行く。

チヌやスズキは、目が横より上にある魚だから、上がよく見えるので、撒餌をするとすぐに寄って来る。魚の数が多いときには、大きい撒餌を食い勝ちに汐上にのぼって来る。したがって、船の真下に寄って来る。魚が少いときには汐下にいる。だから、少いときには釣餌は汐下に流し、多いときには真下に沈めるように手加減する。釣餌は殻のついたままのカキだが、片側の殻だけは取除いてある。

「昔は、カキの身だけ餌にしたんですが、戦争中から私らが真先にやりました。最近、よその人も真似るようになったんです」と元一さんは云った。

鞆ノ津の漁師は、原、石井、平《ひら》、江ノ浦の四部落に分れ、江ノ浦の漁師は釣を専門にやっている。他の三部落の漁師は網専門で、京阪から来る旅の釣師を乗せる遊覧船は石井部落の漁師が片手間にやっている。

元一さんは江ノ浦の釣専門の漁師である。魚が餌に来たときの手応えを「口音」という言葉で云った。

「チヌは、ぐちぐちぐち……と来ます。口音のいいのはスズキです。食うと、いい音をさせます」

スズキは上脣《うわくちびる》より下脣が前に出て受口である。餌を丸呑みにするので口音が素敵である。どんなに群が多くても、ぐいぐい引張って逃げようとする。チヌは脣が揃っているから噛んで食う習性がある。音が、ぐち、ぐち、ぐち……と来るのはそのためだ。餌によって違うけれども大して変らない。アコウは受口だからスズキに似て、こつんと来る。タイは、ごつ、ごつ、ごつ……と来て「じくりが、激しいです」と元一さんは云った。

カキ撒きについて、元一さんはまたこう云った。

チヌは嗅覚、聴覚、視覚、味覚の発達した魚だから、撒餌のカキは上等なものを使う必要がある。汚水の流れこむ場所のカキ、汐の流れの悪いところのカキ、味の悪いカキは、それをチヌ釣の餌にすると最初の第一日だけは来る。二日目にはもう来ない。そのときには釣場を変えるよりほかはない。同じカキでも、人間が食べころの二年子のカキを餌にするのがいい。いいカキでも古くなったものは見向かない。カキを餌のときは、瞬間に合せなくてはいけないのだ。はじめ、がぶっと来たとき合せてやる。怪しいと思うと吐き出すが、吐き出したときにはもうカキの身を取っている。取れやすいようにしておいた方が食いがいい。

おそらく鞆ノ津の魚は、尾道の魚よりも網にいじめられているのだろう。魚島になると鞆ノ津の沖にはタイ網が沖に張りめぐらされ、不断でも附近の横島、田島あたりのウタセ船が風を待って船出する。そうして、底びきをする。このごろはマンガという底びきの漁具が横行する。田島の沖には地獄網が敷設されている。だから釣の漁師は繊細な技術を必要とする。

鞆ノ津の漁師は季節になると、アジロをつくるため各自に必要な場所へ毎日のように撒餌をする。湯呑を逆さにしたような布袋にエビを入れ、それを釣糸に吊して三十匁《もんめ》から四十匁のオモリで海の底に沈ませる。エビは水の圧力で逃げないが、海の底から二尋ぐらいのところで急に引きあげるとエビが袋の外に出る。生きている藻エビや白エビである。この撒餌を毎日のように繰返しながら、チヌ、スズキ、小ダイなどを一箇所に集めておく。魚の方はよく知っていて、夜は附近の岩かげに行き、昼は出て来て遊んでいる。ちょっと撒餌をするとすぐ寄って来る。場所は、汐の流れのいいところである。流れのいいところには、岩が出ていて魚の食いがいい。

　これが自分のアジロであり、自分の財産みたいなものである。他の漁師はその場所で釣ることを許されない規則だが、夜、網の人に荒されることがある。網を入れられると魚に逃げられる。

「お得意さきを荒されるようなものですから、いよいよたまらんときは夜番に出ます」と元一さんが云った。

　釣魚法も繊細を通り越して夜番を必要とする。

　鞆ノ津では、碇を入れて釣るせかいし釣も、五六年前から糠団子《ぬかだんご》のオモリで釣るようになっている。昔は団子の撒餌をしてオモリをつけて釣っていたが、オモリの代りに団子をつけてエビを餌にするようになった。餌から二三寸ほどの上に、糠を粘土で固めたのをちょっとひねって糸につけ、団子が底に届くと道具をちょっと引く。団子が抜け落ちる。その粘土は、讃岐《さぬき》の丸亀から買って来る特別の土である。

　団子の大きさは、汐の流れによって加減する。流れが非常に早いところでは団子に小石を入れて重みを加えるが、団子を固く締めすぎると糸を引張っても抜け落ちないことがある。すると、餌のエビが団子のなかに食いこんで折れ曲る。餌のつけかたはハナガケである。鈎をエビの剣の下から鼻に差して鈎先を僅かに頭の上に出し、エビが元気のいい恰好で平らになるよう仕向けておく。これなら一時間の上も生きている。その反対にエビが立つようにすると、海のなかできりきり舞いをしてハリスに縒《より》がかかってもつれて来る。

この釣では、ボラ、チヌ、スズキ、小ダイが来る。船は碇を三つ入れて固定させ、海底の岩から三間乃至《ないし》五間ぐらい離れたところをアジロの中心とする。場所は毎年ほぼきまっていて、江ノ浦の漁師はお互に他人の場所を知っている。かかり釣、まき釣とも云い、このアジロを他人に横取りされることを、「飯をひっくり返された」と云うそうだ。

「取られたと云っては、一人前の漁師として体裁が悪いですから」と元一さんが真顔で云った。

私は三十何年前、ここの鞆ノ津で、しゃくりというやりかたで大きなボラを釣った。一握りくらいの糠団子に石ころを入れ、五本の短いハリスを鈎ごとそれに練りこんで、三十尋ばかりの海の底に沈めておく。そこで道糸に手応えがあると、同時に強くしゃくり上げる。鈎はボラの腹か頭か目にかかっている。目にかかったのは割合おとなしく揚がって来るが、下半身にかかると大あばれにあばれ、魚と人間と格闘するようなことになる。

「あれはもうやりません。今では、のましというのをやります」と元一さんが云った。

　最近は糠と蛹《さなぎ》の粉を丸亀の粘土に混ぜ、大きなどっしりした栗石に塗りつけて、それに練りこんだ五本の鉤のある箇所だけ、団子を瘤《こぶ》のように高くつまみ上げておく。ボラはその瘤に食らいつく。石が小さいと魚の方に寄って行くが、どっしりしている石だから動かない。向う合せに魚が鉤を呑む。

「チモトは、長さ一寸五分。糠は、炊いた方がよろしいです。蛹は炒って使います」

　このボラ釣のときには、傍らチヌを釣るのが常識となっているそうだ。一尺くらいの細い竿を三本くらい入れて、ぴくぴく動くと音のするように鈴をつけておく。この釣りかたは、このごろ岡山県の漁師も真似るようになったそうだ。

　鞆ノ津と尾道はほんの少し離れているにすぎないのに、アジロの立てかたも釣の仕方も違っている。吉和浦の益太郎さんも云っていたが、尾道の漁師は釣場を自分で設定しないで一ばん釣れる場所を捜してまわる。

「年によって、釣れる場所が違います。同じ場所でも、肥料が入ったり入らなかったりするのです。それを捜します」と益太郎さんは云った。

　海の底に藤の花のような貝が一めんにつくと、そこに小魚が寄って来て、それを食う大きな魚が集まって来る。その貝は鶉豆《うずらまめ》くらいの大きさで青貝と云う。これに餌が湧くからエビやイソメが湧く。こういう場所を見つけるのだそうだ。

尾道の海には非常に流れのきつい場所や、貝類の盛んに発生する場所があるわけだ。大ダイを釣って腹の中を見ると、殻の厚いカキをねじ切って食っていることがある。流れのきついところのカキは特に殻が厚い。岩かげにいるコブダイを釣って腹の中を見ると、カキ、セト貝、ジョロ貝、マテ貝など、殻ごと食っている。槌で叩いても破れないような、堅い貝殻を呑みこんでいる。海底には、おそろしく流れのきつい場所があるに違いない。それと静かな流れが入り交っているのだろう。一見、この辺の海は鏡のように静かだが、底の方は颱風《たいふう》のときの雲行きのように複雑になっているらしい。大ダイなども尻尾のところのくびれ目が、外海のタイよりも太くなっている。激流を泳ぎまわっている証拠である。

「ここの海では、夏から秋にかけて一ばんよく釣れます」と益太郎さんが云った。

「ニベなんか、大きいのは底ニベと云って、十四五貫のが揚がります」

他に、キス、コチ、ギザミ（ベラ）、タイ、チヌ（クロダイ）、スズキ、アコウ、メバル、カレイ、ハゼ、グチ（イシモチ）などが釣れる。

益太郎さんは遊覧の釣客を案内することがあるそうだ。よく釣れるときには釣客にキスを三百から四百は釣らせるのだと云った。私は眉唾だろうと思ったが、後で旅館の姐《ねえ》さんに聞くと嘘ではないそうだ。この姐さんたちは、たびたびお客のお供で益太郎さんの船に乗るから実際を知っている。

「益太郎さんは、自分の釣糸を二本持って、それから艪《ろ》を漕ぎもってお客の世話しています。お客の餌を切ってくれ、餌をくっつけてくれ、それが五人乗の釣船です。碇を入れない釣ですよって、流されないように漕いでます。ときによったら、艪を腋《わき》の下に持って漕いでます」

姐さんの一人がそう云った。

もう一人の姐さんは、はじめお茶を持って部屋に入ったとき、

「ありゃりゃ、おッさん」と益太郎さんを見て、親しげに云った。「今日は洋服を着とるんなあ。あたしゃ、誰かと思うたで」

「わしだって、人に会うときには洋服を着るがな」と益太郎さんが平然として云った。

ここの海の漁師は鞆ノ津の漁師と、同じくだまし餌の釣やヒキナワはしないのだ。だまし餌を使うのは、尾道から西の三原、忠海《ただのうみ》方面の漁師や素人の釣師である。だまし釣では、生きたイカナゴ（コウナゴ）を撒餌に使い、短冊型に切った薄ゴムを二枚チョンガケにして釣る。または、ガラモ（ホンダワラ）を二寸ぐらいの長さに切ってだまし餌にする。

私は益太郎さんの話を聞きながら、自分で海釣をしているような気持になっていた。

益太郎さんは、スズキが漁師に対して作戦を持っている話もしてくれた。

尾道に一泊して、翌日、松永湾のほとりを通って山越えで鞆ノ津に行った。旅館に着くと、向うの小さな島の上をかすめて鷗《かもめ》のような鳥の群が飛んで行った。鷗よりも少し形が小さくて、背景の空の色によっては灰色に見えることがあった。ついぞ見たこともない鳥である。その行方を見ていると、やがてそれが窓の外の岩かげに隠れて行ったとき、元一さんがやって来た。鳥の名前をたずねると、

「たぶん、カリカネという鳥でしょう」と元一さんが云った。「カリガネでなくて、カリカネです。春の頃、人の来ない島なんかの、岩間に巣をかける海鳥です」

ここでも私は一泊して、翌日、山陽線の福山に出て、郊外の草戸《くさど》というところのクリークを見に行った。鞆ノ津でも尾道でもさんざん釣の話を聞くだけで、二日とも寒くて海に行けなかったので、クリークのシジミ釣をするつもりであった。

そのクリークは蘆田川と平行に並んでいる。堤の上から見ると、浅い流れが澄んで絶好の状況であった。釣道具は、堤に枯れ残っているのを折りとった蓬《よもぎ》の茎である。枝をすっかりもぎ取って、その細い茎の先を、流れの底に見える小さな穴に差しこんでゆっくり引きあげる。すると蜆《しじみ》が一箇くっついている。私はそれを繰返し、十箇あ

まりの蜆をハンカチに入れて福山の町に引返した。これは釣と云えるかどうか。おそらく寒中にクチボソやタナゴを釣る気分は、この程度にぼそぼそしたものだろう。

因島半歳記

瀬戸内海には、宮島、走島、鹿久居《かくい》島、向島そのほか周囲七里の島がたくさんある。因《いんの》島も周囲七里である。最近、この島が町村合併の流行につれて「市」になった。しかし因島だけでは市としての人口に不足を来たすので隣の生口《いくち》島を三分の一ほど繰入れて因島市と名称することになった。名実ともに備えるために他の島を蚕食したわけだが、官許による「市」であるから、一つの都市と見做して差支えない。

私は学生時代にこの島の三《みつ》ノ庄《しょう》町という港町に暫く滞在した。一週間か二週間ほど静養するつもりで出かけ、住み心地がいいので六箇月あまりいた。

三ノ庄町の裏山は昔の和寇の本城であった城山で、これに続く幾つもの岡は殆んどみんな蜜柑畑に仕立てられている。岡の上からそれらを見おろすと、鈴なりの蜜柑と藍色の海との色の対照が面白い。岡から降りるとき、退屈まぎれに畑に入ってネーブルや紀州蜜柑を幾ら取って食っても誰も叱らない。しかし蜜柑を取って帰ってはいけないのである。たった一つ取っても叱られる。この風儀はどんな倫理的観念によるものか、私には判断できなかった。今だにわけがわからない。ただ牧歌的な風習であったという意味でなつかしい。

　この島には案外に百姓家が多い。たぶん琉球薯の栽培が行きわたるようになってから百姓が移って来たのだろう。今でも稲や麦を植える耕地は殆んど見当らない。たいてい蜜柑畑の山畑か、さもなければ薯畑か、白い花を咲かせる除虫菊の畑である。

　私は三ノ庄町にいるとき土井さんという医者のうちの二階にいた。近所の人は私のことを入院患者だと思って遠慮してくれたので、私も病人のように海岸や岡を歩きまわるには好都合であった。この町には港のわきに相当な規模を持った造船所がある。海沿いの岡を越えると土生《はぶ》町という港町があって、ここは三ノ庄の三倍も四倍もの人口で、更に大規模な造船所や船渠がある。内海を行く汽船がこの港に寄るときには、岬の突端に船体を見せると同時に合図の汽笛を吹き鳴らす。港に寄らない汽船は何の合図もしないで通りすぎて行く。

　この港に立ち寄る汽船は修理を目的としているようである。たいてい船渠に入れられて、修理がすむまでの一週間か二週間は船員が上陸して金銭を無駄づかいする。だから汽船が岬の突端で汽笛を鳴らすかどうか、港の人は固唾を呑む思いであるようだ。

そこで汽笛が鳴ると、宿屋では大急ぎで部屋の掃除をして活花を取りかえる。料理屋では浜の生簀へ魚を取りに行く。医者は注射器の熱気消毒に取りかかる。芸者は急いで銭湯へ出かけて行く。俄然町じゅう活気を帯びて来る。

私はこの島にいた六箇月間に、汽船の進水式を土生の船渠と三ノ庄の船渠で一度ずつ見た。万国旗で飾られた船が海に出て行くところは素晴らしい。当日は大勢の人が見物にやって来て、新造船の甲板からお祝いの餅投げをするのを待っている。船が動きだす直前に餅投げが開始される。一見、歌舞伎座で俳優が舞台から見物人に手拭を投げるときの光景に似通っている。

その後十年ちかくたって、私は林芙美子さんにすすめられて尾道へ行き、やはり林さんにすすめられて一緒に三ノ庄に行った。私の泊っていたうちの後とり息子が亡くなったので、展墓の意味もあった。岡の上のお墓に花を供え線香に火をつけていると、麓の寺で釣鐘を撞《つ》く音がした。岬の突端で汽笛を鳴らす音も聞えて来た。やがて島に左様ならして帰るとき、林さんを見送る人や私を見送る人が十人たらず岸壁に来て、その人たちは船が出発の汽笛を鳴らすと「左様なら左様なら」と手を振った。林さんも頻《しき》りに手を振っていたが、いきなり船室に駆けこんで、「人生は左様ならだけね」

と云うと同時に泣き伏した。そのせりふと云い挙動と云い、見ていて照れくさくなって来た。何とも嫌だと思った。しかし後になって私は于《う》武《ぶ》陵《りょう》の「勧酒」という漢詩を訳す際、「人生足別離」を「サヨナラダケガ人生ダ」と和訳した。無論、林さんのせりふを意識していたわけである。

鞆ノ津

久しぶりに備後の鞆ノ津へ行って来た。おだやかな感じで、見た目に按配の悪くない港町である。

私は備後の山奥の生れだが、小学校にあがる前の年の夏と、小学一年の夏休みに、おじいさんに連れられて、この浦の仙酔島に行った。今から五十年ほど前のことである。

そのころ、仙酔島には仙酔亭といって茶店を兼ねた宿屋が一軒あった。客間は三室しかなかったように覚えている。はじめの年、私たちの泊っていた隣りの部屋には、岡山の第六高等学校の生徒が泊っていた。この人は、一日じゅう机について洋書を参考に見ながらノートに何か書き綴っていた。ときたま、すっと座を立って縁側に出ると、お尻を海の方に向け、必ず大きな音で放屁して、そのまま机のそばに引返していた。実によく放屁する人であった。人がいてもいなくても、憚《はばか》りなく大きな音を出すのである。私の祖父はその高校生と口をきかなかったが陰では大した若者だと讃《ほ》めていた。当時は、日帰りでここに来る海水浴の客や観光客は、一日に三人か四人ぐらいにすぎなかった。今では夏の盛りには一日に千人も来るという。

その次の年の夏、私たちの泊っていた部屋の隣りには、神戸の人だという釣好きの人と、中学生の息子さんがいた。私はよくこの親子の人に連れられて小船で釣に出かけていた。船の釣だから釣竿を使わずに、手釣といってコヅキと同じやりかたで釣るのだが、メバル、小鯛、ベラ、フグ、白キスなどが釣れた。磯釣ではチヌといって黒鯛がよく釣れた。三才ものを私は一本竿で釣ったこともある。

そのころの鞆の町は、私の記憶によると或る一つの通りがみんな錨《いかり》をつくる鍛冶屋の町であった。しかし半世紀も前の小づくりな港町のことだから、動力機械など据えつけている鍛冶屋は一つもなくて、土間のなかのフイゴをつかって熱した鉄を金槌でたたいていた。鍛冶屋の親爺はフイゴの前に足を投げ出して坐りこみ、鉄を赤くするときには左足で把手《とって》を操縦して炭火にフイゴの風を送っていた。鉄が赤くなると、大きなヤットコでそれを鉄の台の上に挟み取って、坐りこんだまま金槌でそれを打ち鍛える作業に取りかかる。すると「向う槌」を持ったおかみさんが、親爺さんの叩く金槌と交互に大きな金槌を打ちおろす。金槌の音と大きな鉄槌の音の交響音がわき起る。

おかみさんはすぐふらふらになって、次に伜がそれに代って向う槌を勤めるが、伜もすぐにふらふらになる。火気で暑いので汗をかいている。おかみさんは湯巻一枚の姿で胸に風呂敷包みのような乳房を垂らしている。伜は素裸である。その両隣りの家でもこれと似たような状景が伺がわれる。これらの鍛冶屋の店看板は、軒下に置いてある六尺あまりの大きな錨である。どの家の錨の看板も、みんな赤錆になっていた。

それが現在では、フイゴを使っている鍛冶屋は一軒も見当らなかった。動力機械を動かしている家庭工場が二軒か三軒あるだけで、その一軒ではベルトが廻転するにつれ、機械で製作される鉄の部分品が、ぽたりぽたり受箱のなかに落ちていた。店看板の大きな錨は一さい見られない。

今度、私は対山館という宿に泊り石油発動機の仕掛のある釣船を出してもらって仙酔島の東側へ海釣に行った。私が子供のときよく出かけた釣場である。沖には島がたくさん並んでいたが、私が名前を覚えていたのはすぐ向うに見える走島だけであった。天気がいいので人家がはっきり見えた。

昔、この島は海賊の根拠地であったと云われているが、江戸初期には一ところ無人島になっていたことがある。大風のとき津波が来て、家も人間もみんな吹き流されたと古記録に書いてある。「空島に成りおり候て」と記録されている。この空島へ瀬戸内海の因ノ島の村上太郎兵衛という武士が九人の家来を連れて入植した。小型の集団移民である。だから因島時代の太郎兵衛は、もし満州へ入植できたら満州へ、ブラジルへ移民できたらブラジルへ行くといった境遇の人であったろう。この帰農武士の一統は、記録で見ると、藩で苛酷に年貢を取立てて行くにつれ、次第に暮しが深酷になって行った形跡である。

瀬戸内海に差して来る潮は、つまり上潮で外洋から関門海峡と豊予《ほうよ》海峡と紀淡《きたん》海峡を経て差して来る潮流は、大体に於てこの走島を目がけて押寄せて来る。引潮になると、走島を起点に東と西に分れてそれぞれの海峡に向って流れて行く。だから瀬戸内では潮順に乗じて航海するような古風な船は、走島附近まで来ると船脚がとまるので下潮になるまで船がかりをしている必要がある。昔、瀬戸内海を航行していた船が、潮順を待つために鞆ノ津へ寄っていたのはそのためである。歴史で見ても、瀬戸内海を通った昔の人は、たいてい鞆ノ津へ寄って何かと話の種を残している。

「鞆の浦の、磯の室《むろ》の木見むごとに、相見し妹は忘れ得めやも」

これは万葉の歌人、大伴旅人が鞆ノ浦で作った歌三首のうちの一首である。

天平の昔、大伴旅人は太宰府の長官に任じられ、九州へ下って行く途中この港に寄って「わぎもこ」と一緒に室の木を見た。任期が充ちて帰りにもまた寄ったが、「わぎもこ」は最早この世を去っていた。

「わぎもこが見し鞆の浦の天木香樹《むろのき》は、とこ世にあれど見し人ぞなき」

この「わぎもこ」は、旅人の妻か鞆ノ津の子女か私にはわからないが、「わぎもこ」の見た室の木は珍しく大木であったか恰好の変った幹であったか、どちらかであったろう。三首ともに「わぎもこ」が室の木を見たことを云っている。よほど印象ふかく見た室の木だろう。この木は普通の山にも生えているから珍木ではない。短い針のような葉で、その木材は肌が美しくて水の中でも土の中でも耐久力を持っている。鞆の津附近ではモロギーと云い、東京の植木屋は杜松《ねず》と云っている。関東の田舎ではネズミサシと云っている。

「磯の上に根這ふ室の木、見し人を、いかなりと問はば語り告げむか」

旅人はそう歌っているから、その室の木は岸辺の断崖の上にでも根あがりになって生えていたのだろう。現在、鞆の町に「室の木の遺跡」として記念碑が立っている場所は、対潮楼という寺のある岡のわきで岸壁に近い底地である。すぐそばに福山行きバスの「鞆ノ浦駅」というバス発着所がある。その建物の裏手に仙酔島行きのモーター船の出る桟橋がある。私が子供のときには桟橋もモーター船もなかったので、海岸の石だたみのところから仙酔島に向って、「おうい、仙酔亭さん」と大きな声で渡船を呼んでいた。すると、そこらで網を干したりぶらぶらしたりしている漁師たちが、仙酔島に向って「おうい、おうい」と呼んでくれた。渡船は仙酔亭の裏手の湾から漕ぎ出して来る和船であった。いつ見てもその船の艫《とも》のところに研ぎすまされた出刃庖丁があったので、あれは何にするのかと或るとき船頭に聞くと、鱶《ふか》が海から頭を出したとき切りつけるのだと云った。

　今でもこの辺の海には一丈ぐらいの鱶が出没するそうで、私は子供のときにも鱶が鯔《ぼら》を追うのを二度ほど見た。逃げ迷った鯔が海面からさっと跳ねあがると、同時に鱶が尖った頭のさきをのぞかして、その瞬間身をひるがえして海面にもぐりこむ。しばらくすると場所を変え、また鯔が跳ねあがって鱶が頭のさきを見せる。それを三度か四度か繰返し、あとはもうこちらが待ちくたびれても出て来ない。鯔がうまく逃げ了《おお》せたと思っても差支えないことであった。

　この島の木は、葉の色が美しい。ことに雨あがりが美しい。遠くの海の上に高く虹の出ることもある。ここの風景美には鞆ノ浦の人は自信を持っている。それが当時の人の伝統的精神のように思われる。いつか阿部真之助さんから聞いた話だが、よほど以前大阪の新聞社で日本の風光を十箇所か二十箇所か選りすぐって、新聞記事にすると同時に、催しとしてその土地の役場へ推薦状を届けたことがある。無論鞆の浦もその選に入った。鞆ノ浦へ推薦状を届けに行ったのは、そのころ新聞社の政治部長だった阿部さんである。

鞆ノ浦に着いて阿部さんは、席を設けて役場の人たちを待受けたが、定刻がすぎても誰も来なかった。それで役場へ電話で連絡してみると、やがて助役か誰かが事務員と一緒にしぶしぶやって来て、

「当地の役場としましては、推薦状と申すようなものは御辞退いたします。日本三景の一に選ばれるならともかくも、鞆の津とあろうものが、十景や二十景に入れられるのは意外です」

と苦い顔で云った。

でも、悪気があって推薦したわけではない。折角のことだから受取ってもらうように交渉を遂げたそうである。役場側の人としては、愛郷精神を発揮したのでなくって鞆ノ津の風景美に絶大の自信を置いていたのだろう。しかし鞆ノ津の風景は悪くなかったと、阿部さんが云っていた。

この町でも他と同じく兵火や出火が昔から何度もあったことだろう。仙酔島さえも戦前に山火事を出して殆ど丸坊主になったという。今では植林で漸く緑色を取返しているが、この小さな島に大きなホテルが出来、その裏手に人工の洞門など造っている

ので調和の美を失いかけている。自然美を認められた上の国立公園であるにもかかわらず、目立つ人工を加えさせる県の観光課の量見がわからない。

むしろ私は仙酔島よりも鞆の町の方に親しみを覚えた。町家の軒瓦のうちに、ふと一枚、室町時代の瓦が見つかったりした。昔ながらの格子戸をつけた船具問屋もある。窓の太い竪格子《たてごうし》を白壁と同色の塗籠にした建物も残っている。小路の片側は、古びた本葺《ほんぶき》屋根の長屋、片側が、姥女樫《ばべのき》の生えた崖。その通路のさきに港の船が見え海風が吹いて来る。南北朝時代に出来たという唐風建築の古寺もある。いわれを聞けば有難やこの寺は安国寺といい、足利尊氏が夢窓国師に勧められて全国に一寺一塔を建てたうち、今だに残る僅か二箇寺のうちの一つだそうだ。私は道に不案内のため、ねじり鉢巻の豆竹輪屋の親爺さんにたずねると、「これを、とろとろッと行った突きあたり」と教えてくれた。「豆竹輪を土産にして、何日ぐらい大丈夫かね」と聞くと、「さあ、ええとこ三日じゃろうな」と云った。

さて釣の話だが、子供のとき釣ったのと同じような寸法の、同じような魚しか釣れなかった。白キス、小鯛、メバル、ベラ、フグ、小さなタコなどが釣れた。漁獲の率は、子供のときの方がずっと上であった。

云い忘れたが、この辺の海で獲れる魚はうまい。ことに小魚がうまいのである。岩礁に海藻が生え茂っているので餌がたくさんあるためと、潮流が激しいので魚が敏捷に運動しているためではないかと私は思っている。海峡を通りぬけて来た鯛は、外洋で波に乗って旅をしている鯛にくらべ、尾鰭の附根のところの関節が太くなっている。鯛は八十八夜から一箇月が旬で、この期間に走島附近へ鯛網見物の船が出る。私は一度もまだ見物に行ったことがない。

鞆は行き馴れた釣場——田島の女俊寛

私は子供のとき、夏休暇になるとおじいさんに連れられて鞆ノ津の仙酔島に行っていた。当時、この島には（現在、ホテルのある場所に）仙酔亭という旅館があった。私たちはこの仙酔亭の一室に泊っていた。海水浴で体を丈夫にさせようというおじいさんの方針であった。

仙酔亭には尻尾のふさふさした洋犬がいたが、これがお客にちっとも馴染まない愛嬌の乏しい犬であった。あるとき私が磯で釣をしていて大きな黒鯛を釣りあげると、その洋犬がいきなり私に向って激しく吠えだして、私は胸がどきどきして顔が赤くなったのを今も覚えている。犬はなぜ吠えるのか理由がわからない。釣りあげたのは三才の黒鯛であったのでおじいさんは私の大手柄だと云ってそれをかちかちに焼いておばあさんに郵送した。今なら魚拓にとって送るところだが、おじいさんは旧弊の人だからそんな方法を知らなかったのだろう。

私が仙酔島で使っていた釣竿は、鞆ノ津の釣具屋でおじいさんが買ってくれた子供用の一本竿であった。磯に降りてギザミ（ベラ）を釣るのに適した細竿で、三才の黒鯛がこの竿で揚がったのは不思議である。今なら釣落してしまうだろう。子供のときだから手が柔軟で自然にうまく魚をなやすことができたのかもしれぬ。夏休暇が終りに近づいて宿を引きあげるときには、竿は宿の椽《えん》の下に棄てておいた。翌年の夏またこの宿に来ると、無論、その竿はもう無くなっている。おじいさんは、また鞆ノ津の町の釣具店で買ってくれるのであった。

当時、鞆ノ津は魚港として栄えていた。今ではその繁栄ぶりを隣の尾道港に取られてしまったが、私が子供のころの鞆ノ津は活気のある港町で、保命酒をつくる酒屋の前を通ると甘い匂がぷんと鼻を衝き、碇を製造する鍛冶屋の家が並んでいた。ずらりと鍛冶屋が並んでいた。鍛冶屋の親爺は褌《ふんどし》ひとつで鞴《ふいご》の前にあぐらをかき、左足の指で鞴の把手を取って炭火に風を送り、鉄が赤く焼けると台の上に載せて小槌で鍛えに取りかかる。すると親爺の女房が、これも湯巻ひとつの姿になって、大きな槌で向槌を打ちはじめる。

景気のいい音であった。

今では鞆ノ津ではこんな情景は見られない。鍛冶屋もすっかり影をひそめ、動力機械で釘を製造する工場が二軒か三軒あるぐらいのことになっている。保命酒をつくる家の前を通っても、鼻を衝く甘い匂は一向に感じられない。しかし昔の繁栄をつげる千本格子と忍返しが残っていて、見るからに古めかしい港町の観をとどめている。港には大正時代に盛んに石川寅治の油絵に描かれた白壁の倉が並んでいる。懐古趣味をそそられる港町である。

先月、私は所用あって尾道から国道を松永に行き、そこから山越えで能登原という海辺の村に出て鞆ノ津に行った。山越えをする途中、全村あげて南米に移住したという村を通ったが、戸をしめている家は一軒も目につかなかった。立ちのいた家のあとに他の人が移って来ているのに違いない。

能登原から鞆ノ津に出るにはまた山を越えて行く。ここの山上からの眺めがいい。麦畑に耕された岡が青い海に突出している。麦秋のころを想像すると、絶対的に素晴しい展望だと云って差支えない。向うに見える島も申しぶんない配置で並んでいる。山を越えると平《ひら》という部落を通って町に入る順序である。土地の人に聞くと、平は平家の残党の土着した部落だということであった。館《やかた》の趾ではないかと思われるような地所もある。地形から見て、小規模の鎌倉といったような感じであった。

町に入って、私は仙酔島がすぐ向うに見える対山館という旅館に泊った。ここには四年か五年か前にも、十二、三年前にも来たことがある。子供のときにも二度か三度か来たことがある。十二、三年前に来たときには、ここのタミさんという女中を連れて友人数名と釣船で沖に出た。釣った魚を船のなかで女中に料理をさせるつもりであった。ところが東風が出たので田島という大きな島と陸地の間の瀬戸に引返すと、タミさんが暈《よ》ったというので、船を田島につけて渚におろしてから釣をした。

その日は不漁で私たちはフグをほんの少ししか釣れなかった。だから魚を料理する女中のことはすっかり忘れ、まだ日が高いうちに引返すことにした。新しい発動船だから船足だけは快調であった。すると港の近くまで帰ったとき、

「しまった。対山館の女中さんを島に忘れて来た」

と船頭が云った。

田島と鞆ノ津の間には連絡船が出ていない。うっちゃっておけばタミさんは俊寛である。

船頭は全速力で船を田島に向けて走らせた。見ると渚の近くの大きな姥目樫の下に、俊寛のタミさんが仰向けになって寝ころんでいた。経木帽を顔に載せ簡単服の裾から八の字の足を露出させていた。

「おおい対山館の女中さん。目をさまさんか」

と船頭が大声を出した。

「おおい、俊寛々々」と私たちは叫んだ。

タミさんはむっくり起きあがり、きまり悪そうに波打際にやって来て、

「わたしは海辺の生れです。船に暈ったことなんか一度もありません。今日はどうしたのか暈いました。すみませんです。乗せていただきます」

そう云って船に乗りこんだ。

気のいい女と思われた。

この女中は、今でも対山館で働いている。四年前、婦人画報の用事で藤原審爾君と一緒に行ったとき、

「田島へ置き去りにした女中さんは、どうしているかね」

部屋に案内してくれた女中に聞くと、

「さっき玄関に出たのがその女中です。タミさんは、もう十四年ここの女中をしております」

と云った。

そのときには、タミさんは私の部屋に顔を出さなかった。先月行ったときには、夕飯の給仕にやって来てこう云った。

「お客さんは、気難しそうで感じが悪いと思っていました。今日はそうではありません」

部屋に坐っていても、まとも仙酔島が見え、その手前に三重の塔の建っている弁天島という小さな島が見えた。伝説のつきまとう塔である。

この町には伝説をとどめている寺や史跡がたくさん残っている。対山館の出口には、右手に昔の女郎屋がずらりと並んでいる。今は小料理か何かに転業したのが二軒か三軒か残っているだけで、あとはみんな雨戸を閉じている。軒の傾くまま建ちぐされになっている家もある。

「鞆は、衰運の一途に辿るばかりです」

とタミさんが云った。

消えたオチョロ船

瀬戸内における広島蜜柑の主要産地、大崎島に行こうじゃないかというので出かけて行った。相棒は丸山泰司君である。

大崎島は大崎上島《かみじま》と大崎下島《しもじま》に分れ、どちらも内海通いの船乗たちの間にはオチョロ船で馴染の深かった島である。オチョロ船は港に碇泊している船に遊女を配ってまわる船であった。上島では、明治二十年代から木ノ江港とメバルという港に存在し、下島には、慶長年間からずっと御手洗《みたらい》という港にあった。それが先年制定された売春防止法によって一挙に廃絶した。

「木ノ江も御手洗も、オチョロ船のために栄えていた港だということだ。ところが、売春防止法が出来てから満二年たった。今では御手洗も木ノ江も、亡びて行く港町に違いない。その状態を見て来ようじゃないか」と、私は初め丸山君にそう云ったことであった。

呉線の竹原で降りて定期船に乗ると、しばらくして大崎上島の北端が見えて来た。その手前に、頗《すこぶ》る姿のいい島がある。黒松と楠の大木で覆われている。

「あの楠の林は原生林でしょうか」と丸山君が、傍にいた船客に云った。「目がさめるほど、新緑が綺麗ですね。何という島です」

「生野島です。あれは恰好のよい島ですが、そうでもない島がありますよ」その船客は、反対側の島を指差して云った。「あの島です。あれは久野島です。別名は毒瓦斯島です。または毒瓦斯製造島です」

戦争中、陸軍が瀬戸内の一つの島で糜爛性《びらんせい》毒瓦斯を製造し、戦後、進駐軍がその製品を来島《くるしま》海峡の瀬戸に持って行って棄てたという噂がある。あの島に違いない。赤禿山の島である。

私たちの乗っていた定期船は、大崎上島のメバル港に寄って、三人の船客と一台のオートバイを下した。入れ代りに乗せたのは、二人の船客と一台の自転車で、他に揚げ下しの荷が少しばかりあった。この港にも四年前までは六艘のオチョロ船がいたそうだが、今では景気のいい港とは思われない。町は海沿いに続く一本町で、ところどころに以前オチョロ屋であったという二階づくりの大型の家がある。造船場には人の姿が一人もなくて、修繕しかけて止《よ》したのではないかと思われる木造船が二艘あった。

メバル港の次の次の港が木ノ江港である。ここでは十人たらずの船客と二台か三台の自転車のほか、二つ三つの梱包が下されて、それに匹敵するほどの積込みがあった。浮桟橋の上には口髭を生やした人も立っていた。大崎上島における主要港として貫禄の名残があるかと思われたが、これだけでは四年前までの繁華を想像することができなかった。

私たちは桟橋の傍にある旅館に宿をきめ、この町の有田元介さんという郵便局長にオチョロ船の話をしてもらった。ところが、この局長さんは、私たちがこの町のことについて何ひとつ知らないのをもどかしがったようであった。

「では、これから町を御案内しましょう。火の消えたような町ですが」

局長さんは私たちを、小高いところにある尼寺の境内に連れて行った。そこから見ると港の大半が目に入る。陸の二つの出っぱりが港の水を両側から抱え、東側の出っぱりを一貫のハナ、西側の出っぱりを天満のハナと云い、そこに西と東のオチョロの検番があったそうだ。その検番を中心に、それぞれ十軒あまりの置屋があって岡芸者と沖芸者を置いていた。沖芸者が即ちオチョロである。

「オチョロ船は日没から出没して、日の出に活躍を終ります」と局長さんが云った。

「日没になると、オチョロ船は女を四人五人と乗せ、置屋のおかみが一緒で酒や料理なども積み、碇泊している船に漕ぎつけます。つまり、オチョロ船は海上遊廓であり、動く張店であって、翌日の日の出になると、女を情緒もろとも引きさらって来る遣手婆でもあるのです」

局長さんの話では、木ノ江の町は木ノ江千軒と云い、木造船の造船所として栄えた町で、これにオチョロ船がいたから碇泊する船で尚お栄えていた。

「いつか、或る機帆船の船長がこぼしていました。船が木ノ江の港に近づくと、若い船員がこっそり飲料水を流してしまう。ボイラー用の水も流してしまう。止むなく木ノ江に船を着けることになる」

それに、木ノ江は山陽道側と四国との中間に位する。西風以外のときには風待ち潮待ちに便利な港で、木ノ江、鞆ノ津、玉島、牛窓《うしまど》というように、帆船の一日行程の足だまりの場となっていた。

局長さんは尼寺の境内から見える岬や島の名前を教えてくれた。正面の一ばん大きな島は大三《おおみ》島と云い、左右からそれと重なりあって幾つもの島が並び、それに取囲まれているのは海でありながら水平線が一箇所も目につかない。右手の岬は野賀のハナと云い、芸州藩のお台場があった。その裏手の高みに、昔の大崎水軍の城砦があった。あまり強い水軍ではなかったのだろう。来島の海賊に勢力があるときには来島につき、村上海賊に勢力があるときには村上についていたそうだ。但、毛利元就はここの水軍を連れて宮島の合戦に勝っている。秀吉は朝鮮征伐に連れて行っている。

この尼寺の裏手はすっかり蜜柑畑になっている。ふと庫裡の障子が明いて、頭を青く剃った中年のお庵主さんがにこにこ笑いながら現われた。

「やあ、お邪魔しています。蜜柑の花ざかりですね」

局長さんが挨拶すると、

「おかげさまで、朝夕、花の匂で喜ばせて頂いております」

お庵主さんはそう云って、「おほほほほ」と笑い声を出した。

尼寺から降りて来ると、局長さんは私たちを一貫のハナというところに案内した。ここはオチョロの根拠としていたという花柳街のあとで、置屋であったという二階屋は、飲食店または青物屋、下宿屋、宿屋などになっている。二年前まで検番であったという大きな二階屋は、一見、廃屋ではないかと思われるほどくたびれている。それでも港に向った方の出入口に、がたびしの雨戸がはまって、「屑鉄業」と書いた蒲鉾《かまぼこ》板《いた》ほどの看板がある。その入口のところから隣の家の屋根越しに、高く聳《そび》える櫓《やぐら》が見える。

「あの望楼の上から、オチョロ船に合図をしていたのです」と局長さんが云った。

「オチョロ船が勢揃いすると、あの望楼で赤い旗を振ります。すると、オチョロ船は、碇泊している船を目がけて順番に漕ぎだして行くのです。順番は、前もって一番二番三番と籤引《くじびき》で定めておくのですが、漕ぎだすが早いか、一ばん金持が乗っていると見た船に漕ぎつけます。または、女の馴染の船員の乗っている船に漕いで行くのです。それは見ていて壮観なものでした」

　四年前までは、二十隻から二十五隻ぐらいの貨物船や、機帆船がこの港に入って来るのは毎日のことであったそうだ。夕方になると、天満のハナのオチョロ船と、一貫のハナのオチョロ船が波止場の前あたりにずらりと一列に並ぶ。漕手はチョロ押しと云われる屈強な船頭で、たいていは渡り者で気が荒い。だから合図の赤旗を振るにもこつがある。みんなの気勢が一致する頃合を見はからって振らなくてはならぬ。一貫のハナの望楼で振ると、同時に天満のハナの望楼で振る。オチョロ船は幅五尺に丈三間の、船脚の速い屋形船である。

　碇泊している船の方では船員たちがそれを待受けて、ちゃんと背広に着かえてポマードで髪を撫でつけているものがいる。なかには甲板の手摺に乗り出して、ネクタイを結ぶのに手間どりながら馴染のオチョロの名前を呼んでいるのもある。おめかしに手間どって、シャボンをつけた顔を剃りかけたまま、オチョロ船の女を安全剃刀で指差しているのもある。船員たちの乗っている船は、五百噸《トン》から千噸くらいのもので、乗組の多い船には十人、二十人というのもある。船長や機関長はたいてい上陸して遊興するのだから、下級船員たちの遊ぶ場所は都合がつくわけだ。上陸した高級船員たちは岡芸者を買うのだが、売れ残りの岡芸者は沖芸者に早変りする。だから岡芸者は沖芸者よりも格式が上でありながら、自分より年下でも沖芸者を姐さんと呼んでいた。

　ところが沖に出たオチョロに、たまたま馴染の客が岡の屋形に来ることがある。あるいは急用が出来る場合がある。そのときには置屋の者が、角笛に似たラッパで合図してオチョロを呼び戻す。これを「呼びあげ」と云う。オチョロには番号があるので、その番号で合図のラッパを鳴らして呼びあげる。

「チョロのラッパの音で思い出すのは、お互に呼びかわす音に、何となく哀愁があることでした」と局長さんが云った。「ことに、霧の深い夜はそうでした。満月の晩にも、やはり哀愁を帯びて聞えました。漕ぎだすときの勇ましさに較べて、まるで裏腹な感じでした」

　私はオチョロ船の実体を見ておきたいと思ったが、今ではもう原型のままのものは一艘も残っていないという。局長さんは岸壁の上からいろいろと物色して、昔のオチョロ船の成れの果てだというのを一艘だけ見つけてくれた。普通の釣船と大して変らない。これが原型のままなら、硝子窓をつけた檜《ひのき》づくりの屋形があって、屋形のなかにランプを吊し、戦後だとバッテリーを積んでいた。オチョロたちは冬は屋形のなかにいて、春から秋までは屋形の上に出て立膝なんかしていたそうだ。

「それからオチョロ船のほかに、夜なきうどんの船もありました。あの船がその名残です」

局長さんは、一艘の機帆船に近寄っている小船を指差した。これはウロと云って海上の雑貨船だ。これに乗っている物売女は沖ウロさんと云う。「鋏や庖丁」と呼び声をあげ、あるいは「雄雞の卵はいらんか」と、碇泊している船に呼びかけて漕ぎまわる。だが必ずしも卵とか庖丁とか、品物を限って売るのではない。野菜物一式、罐詰、タオル、石鹸、縫針、手袋、サイダー、靴下など、種々雑多なものを売っていた。

見たところ、この港町は衰微の一途をたどっていたようであった。港町とは思えないほど通行人がすくなくて、店さきで立ち話をしているおかみさんの多いのが目につくだけである。一貫のハナの造船所には、建造中の船が一艘もなく、赤さびた廃船を解体してスクラップを造っている工員がいた。局長さんに聞くと、大阪の屑鉄商社の下請でギリシャの一万噸級の廃船を解体しているところであった。従来、ここは木造船を造っていた町だから今は衰微しているが、順々と鋼造船に切替える方針で、目下その過渡期にあるそうだ。

「それでも昔の活況を思うと、隔世の感がします。活気のない静かな町になってしまいました。町自体が、希望を持ちたいのです。つまり、町自体が……」

局長さんはその後を云わなかった。不況は、木造船のすたれたことと、オチョロ船の消滅したことに大きく由来するらしい。

「風吹けば桶屋が儲けると譬《たとえ》にある通りです。私の商売にしても、二年前までと今ではずいぶん違います。船員相手の電報取扱の事務だけでも、昔は忙しい思いをしたものでした」

　昔、オチョロ買いで有金をすっかり費い果した船頭は、なかには舵が折れた、ボイラーが毀《こわ》れたと、船主に宛て嘘の電報を打つのもいた。そこで船主から送金して来ると、架空の修繕作業の状況をいちいち船主に打電する。なかにはまた、この港のタデ場に船を着け、二日三日ですむ仕事を六日も七日も費し、今日もまた風向きが悪くて出帆できないと、荷主に電報を打つ船頭もいた。だから船乗たちは歌とも諺《ことわざ》ともつかず、「木ノ江とまればタデ七日、七日とまればまた七日」と云っていた。

　タデとは、船を干潟にあげて裏底を火であぶり、かき殻を落したりペンキを塗ったりすることで、この港には一貫のハナと天満のハナにタデ場が五箇所ある。干潮のとき干潟になるように岸壁に入込みをつけ、その場所は所有者がきまっていて場所代を取っている。干満の差が二メートル以上ある浜だから、相当に大きな帆船でも干潮のときには裏底を見せる。

内海通いの船乗には、オチョロ船の魅力は一種格別のものであった。潮の香と脂粉の香は陰陽相互の関聯を持っているのだろうか。これも局長さんから聞いた話だが、ある帆船の船頭が、あるオチョロに耽溺して「木ノ江とまればタデ七日」の心境で金を費い果し、予備の錨を売って「七日とまればまた七日」で、次には船のロープを売り払った。次に、「また七日」で船の錨を売り、次にケンパスを売り、最後に船を売り、オチョロを身請して木ノ江で世帯を持った。本妻は四国の阿波か伊予にいたそうだが、その男は船のブローカーをして木ノ江にずっと三十年も住みついた。すっかり白髪になってから四国に帰って行った。

私は木ノ江のオチョロに関する記録を見たいと思ったが、局長さんは以前から蒐集して来た資料をすっかり無くしてしまって残念だと云った。売春防止法でわいわい騒いでいた当時、ここへ記事を取りに来たある人に資料を貸してやると、持ち帰ったきり未だに返してよこさないそうだ。私はちょっとつまらない気がしたが、その代り後で福山市の村上正名さんという篤学者から御手洗港のオチョロ船に関する資料を借りることができた。

　御手洗は大崎下島の主要港であって、ここには享保以来の若胡屋《わかえびすや》という代表的なオチョロ屋があった。現在、その建物は御手洗の町の公民館として残されている。この店は明治になって接客商売を止したが、屋台が大きすぎて当分のうち住む人がなく、明治十七年になって隆法寺というお寺さんが買受けて寺にした。それが昭和十二年に廃寺となって暫く空家にされていた。戦後は引揚者の合宿所となり、昭和二十四年か五年に公民館になったという。

　村上さんから借りた資料によると、御手洗は寛永六年に町としての形体を取った。世の泰平で瀬戸内の航海も安全になって来て、西国通いの船ばかりでなく、北陸から西廻りで来る船もこの港に寄るようになった。長崎在住のオランダ商館長ウエールスも、江戸参府のときこの港に寄っている。商館長随行の医師ケンプェルは「元禄五年三月、江戸参府日記」に次のように書いている。

「九日、午後四時、御手洗に着す。他の三十隻の船と並んで碇を下す。旅する良き人々のため、十二隻の舟が愛の女神を乗せて船より船を漕ぎ廻つた」

　この愛の女神を乗せた船は、後世のオチョロ船と同一のものであったかどうかわからない。茶屋から差向けた客引船であったかもしれないが、三十隻もの碇泊船を歴訪するところを見ると、乗っていたのはオチョロと同じ種類の接客婦であったろう。「愛の女神」という言葉にもその意味が籠っている。いずれにしても元禄の初期、御手洗は三十隻もの帆船が寄港する賑かな港であったことがわかる。

元禄からずっと下って、安永年間のツンベルクの日記には御手洗における遊女屋の家数が書いてある。ツンベルクは安永四年にオランダ商館勤務医官として長崎に着任したスエーデン人で、江戸参府中には、桂川甫周や中川淳庵など日本の蘭医学者を指導した。当人が日本滞在中に国禁を犯して採集した植物は、その八百余種の標本が今でもスエーデンの大学に保存されているそうだ。ツンベルクは「日本紀行」に次のように書いている。

「どんな小さな村でも大きな都会と同じに公開の遊女屋がある。遊女屋は非常に綺麗である。その表作りは壮大なものであって、大概は寺の傍にある。上ノ関（周防）には遊女屋が二軒あり、全部で八十人の遊女が置いてあつた。御手洗には四軒あつた。御手洗の遊女の数は知らないが、他の家室といふところには小さな町であるのに百人の遊女がゐた。かかる設備の多いこと、及びこれほど繊細な心の持主であり、また統制の完備してゐる日本人の間に、この設備が特別の保護を受けてゐるのを見て私は驚いた」

これはツンベルクが日本に来て、初めて船旅に出たときの日記であるそうだ。オランダ商館長に随行しての参府の旅だから、日本の役人、大通詞、小通詞なども附添っている。だから日本の役人の案内で、ツンベルクは義務としても加比丹《カピタン》と共に登楼しなくてはならなかったろう。これは日本風のやりかたである。

当時、御手洗にはあらゆる階級の者が寄っていた。船路で行く参覲交代の大名たちも寄航していた関係で、ここには殿様階級の人の妾宅もあったと云われている。異国の貴賓は遊女屋の酒席に導かれて行く。登楼する遊女屋も格式の高いのが選ばれたろう。そこでスエーデンの大学を出た三十前後のツンベルクが、もし御手洗で若胡屋に案内されたとすれば、「これほど繊細な心の持主であり、云々」と思っても不自然ではなかったろう。

これに反して、年もとって日本での経験も積んでいると思われる異人は、日本の役人の設ける酒席を何と思ったろうか。オランダ商館長フィッセルは、江戸参府の途次、御手洗に寄航したときの感想を「参府紀行」のうちに次のように書いている。

「文政五年正月十五日（一千八百二十二年二月六日）北風吹きすさぶ。早朝、家室附近を航し西国島を望見したが、山の頂上はみな雪に蔽はれてゐた。昼頃、風が西に変つたので、我々は止むなく御手洗に碇泊し、ここで一夜をすごす。この夜、日本人の酒席に招かれて、有名な町である広島から来た芸者数名が三味線を弾くのを聞いた。しかし自分としてはこの三味線音楽に対しても、また今まで日本で聞いた他の音楽に対しても、さほどの興味を覚えなかつたと云はなくてはならぬ。その代り、我々に対する日本人の厳粛な規律と特別の待遇は、全く感歎に堪へないものがあつた」

茶屋の主人をはじめ遊女たちも、相手は貴賓であり異人であるからして固くなっていたことだろう。背後に日本の役人の目が光っている。その当時の話かどうか知らないが、昔、若胡屋のお職が異人の席に出る前に、固くなったせいかお歯黒の着きが悪くて大騒動を起したことがある。おかげで禿《かむろ》は熱湯を浴せられて死んだ。今でも若胡屋の二階の一室に、そのときの跡形が硝子の覆いをつけて残されているそうだ。あんまり明るい話ではない。

長崎出島にいたオランダ人たちのうち、私たちに一ばん馴染が深いのはシーボルトという名前である。これもオランダ商館勤務医官だが、長崎の郊外に塾を開いて万有学なるものを講じ、日本人の治療もしたので名声が高かった。ドイツの生れで、大学では医学、地文学《ちもんがく》、民族学を修め、オランダの外科軍医としてジャワに渡り、文政六年に日本に着任したと年譜に云ってある。この医官が文政九年三月、オランダ商館長スツルレルの江戸参府に随行して長崎に帰る途中、御手洗に寄航したときの見聞を次のように書いている。名医シーボルトの名声が津々浦々にまで知れわたっていたことがわかる。

「六月二十四日（西洋暦五月十九日）未だに向ひ風が吹きつづけてゐる。数多の漁船によつて曳航されて行く。夕方、御手洗から三哩《マイル》ほどの沖に碇を下す。夜ふけてから満潮に乗じ、曳航されて行つて前記の海峡を通りぬけ、御手洗を前にして碇を下す。六月二十五日、御手洗の町から数名の病人がやつて来て余の診察を求めた。このなかに十七歳になる少女がゐた。その附添の母が云ふことに、この娘はときどき淫乱症の発作を起すと云ふ。余は母親に対し、食養生と精神療法の処置を告げるほか、娘を早く嫁入りさせるがいいと提議した。すると、傍でその少女が嬉しげに微笑して頷いた。精神病の病状に、民族的な習慣が現はれるかどうかは注目に価すべきことで、この少女は病気発作のとき、この国における亭主のある婦人一般の象徴とするやうに、歯を黒く染めるのだと云ふことである。幸ひにして、夕方になつて東風が涼しく吹きだしたので、西航して河室島の傍に碇を下す」

シーボルトたちも瀬戸内の夏の夕凪には閉口させられたろう。御手洗には上陸しないで涼風と共に逃げだしている。

一方、上陸する異人たちに対し、御手洗の町の者はどんな手続によって接していたか。一方また、御手洗の人たちから見たオランダ人は、どんな遊びかたをしていたか。これは町年寄たちの連名で郡役所へ届出た書類を見れば大体の見当がつきそうだ。その届書のうち、一例として文化十五年（文政元年）正月三日附のものを現代文に書きなおしてみる。このときのオランダ商館長の一行は、ヘンドリッキ・ヅーフの後任ブロムホフの一行ではなかったかと思う。ヅーフは前年の十一月、長崎滞在十五年を終えて日本を去っている。

「三日の夕方、御着船でございました。即刻、御上陸になりまして、オランダ人とその御附添の御役人様がた、御上下とも二十五人様の御一同で、この町の若胡屋唯七の後家《ごけ》方へ御登楼なされ、夜ぶんのところ御酒宴をなさいました。そのやうにして御検使様や大通詞様など、日本のかたがた御上下二十二人様は、御船宿の可部屋《かべや》徳四郎方へ御投宿なされ、これまた夜ぶんのところ御酒宴のことでございました……」

ここで御手洗の町年寄が、酒席におけるオランダ人の談笑ぶりを書きとめていないのが残念である。いずれにしても、彼らの酒宴の仕方や始末のつけ方は、附添役人の誘導するままに派手でもあり地味でもあったろう。ずっと時代が下って、幕末のころ同じく御手洗の町年寄から差出している届書の一つは次のようなものである。遊んだ茶屋へ外国酒などを引出物に遣わしている。

「安政五年二月十二日夕方。

公儀へ参上のオランダ人の乗船が入港し、御役人様が御附添で御上陸なされ、市中を御巡行に相成りまして、夜になつて若胡屋唯七方へ御登楼、この店の遊女や芸妓を揚げ、ほかにも尚、藤屋、二葉屋の芸妓を呼び寄せて遊芸を御見物、その夜、御乗船云々。褒美として、

一、蘭酒シロアラキ　一瓶

一、同じく　一瓶

一、蘭茶　若胡屋唯七へ

一、蘭茶　藤屋源助へ」

アラキ酒は椰子《やし》の実酒だと云うことだから、おそらくきつい酒だろう。オランダ人がそれを誰に褒美として遣わしたか説明を省かれているが、巡行の折の道案内の世話でもした町年寄たちへ与えたものではなかろうか。または、オランダ人たちは日本酒が飲めないので、自家用として船から持って来て、ところが慌しく乗船することになったので、飲み残りの瓶を棄てておいて行ったかもわからない。

う。

蘭茶は若胡屋と藤屋の旦那が貰い、二葉屋の旦那だけ貰っていないのが納得できかねる。たとえ二葉屋の主人が何兵衛後家であったとしても、抱えの芸者を融通した心意気に報いるべきではなかったか。どうせ蘭茶と云ってもコーヒーぐらいのものだろう。

文化二年八月の届書「茶屋共由来書差出し控」によると、御手洗の遊女屋四軒のうち、若胡屋は「享保年中、茶屋株御免許」である。海老屋は「宝暦年中、茶屋株御免許」である。この二軒のうち、若胡屋は同じ商売を続けて明治時代に及んでいる。いつごろ茶屋がオチョロ屋と云われるようになったかしらないが、その経営のありかたは江戸時代の昔から大して変ってはいなかったろう。元禄五年、ケンプェルの見たという「愛の女神」を乗せた船は、オチョロ船と似た性質のものではなかったろうか。一朝一夕に生れた伝統ではなかったろう。内海通いの船乗がこれに心酔していたのは無理もないと思いたい。

よほど前に、私は東京に出たてのころ、同郷出身の学生数人とお台場附近へ船でハゼ釣に出た。その日、私たちが昼弁当を食べながらお互に田舎言葉でわいわい云っていると、一隻の物売船が近づいて来て、年とったむさくるしい船頭が私たちに声をかけた。

「書生さんや。お前さんがた、広島県の生れかね。芸州じゃないのかね」

それで広島県も備後の者だと答えると、

「備後も芸州も同じようなもんだ。あの辺の言葉が聞きたかった。お前さんがた、木ノ江浦というのを知ってるかね」

老船頭はそう云って、問わず語りに木ノ江における体験談を話しだした。その内容は、このよぼよぼの老人がずっと若かった船乗のとき、木ノ江で馴染んだというオチョロとの愛慾談であった。

私はその話を聞いて、初めてオチョロ船というものの存在を知った。小船に乗って張店を開くのがオチョロさんで、小船に乗って野菜や卵を売りに出る女が沖ウロさんだということを知った。それともう一つ、私たちの田舎で云う「いたしい、いたしい」という言葉が、関東生れの老船頭にはよほど印象的であったらしいことを知った。ぼそぼそと話しつづける老人は、必要以上に「いたしい」という言葉を口にした。

「いたしい」とは「難しい」という意味である。

老船頭は私たちが弁当を食べ終ると、柄の長い手網で売物の夏蜜柑を一つ私たちの船に入れ、他の釣船の方に向けて漕ぎ去った。当時、この老人は、お台場附近の遊船客に、蜜柑や煎餅を売るのを商売にしていたようだ。他の釣船に漕ぎ寄って夏蜜柑を手網で差出すと、その釣船にいる人が夏蜜柑と引換にお金を網のなかに入れた。その老人は木ノ江の沖ウロさんを真似ているようなものであった。

さて、私はその老船頭にオチョロの話を聞いてから、四十年目ぐらいにオチョロ船の本拠地木ノ江に行ったわけである。もう実体は消滅していたが、衰微して行く町を見て来るのが目的であったから気にすることはない。

「では、オチョロが廃止になる直前には、この木ノ江はどんな状況でした。死活の問題ですから、ずいぶん運動したでしょうね」

「いや、運動はしません」と局長さんが云った。「騒いではいかん、宣伝してはいかん、ここだけは大丈夫だ。業者も町の人も、たいていそう思っていたようです。木ノ江だけは大目に見てもらえる、という気持がありました」

この町の人は別に運動もしなかったが、新聞人たちが来てオチョロ船を写真にとったりして運動の代弁をしてくれたそうである。わざわざ東京から写真をとりに来た者もいたが、業者の間には却《かえ》ってそれを嫌う傾向が見えていた。ことにチョロ押しの水夫がそれを嫌っていた。無理やり写そうとすると、ぶんなぐりかねない態度に出た。

「それで、私なんかチョロ押しに化けて写ったこともありました」

と局長さんが苦笑した。

私と丸山君は、町や蜜柑山を見て宿に帰った。蜜柑山は段々畑に仕立てられ、一つの山で五百幾つの段々畑になっているのがあるのだそうだ。勾配の急になっている島山だから、肥料運びとか蜜柑の取入れなどのときのため、ケーブルがところどころに設けてある。丸山君が「大した施設ですな」と感心すると、この島の蜜柑山は殆ど大半、大崎下島の大長《だいちょう》という村から出作りに来る人たちの所有になっているそうだ。大長の人々は各自に作小屋を建て、施肥のときや蜜柑むしりをするときになると、ここに来てずっと寝泊りする。ちょっとした耕作のときなどには朝早く船で大長の村を出て、朝飯は船のなかで炊き、船のなかで食っている。いわゆる大長蜜柑は勤勉家であるこの人たちによって産出されている。

大三島

瀬戸内の大三島に行って来た。この島の大山祇《おおやまづみ》神社というお宮には、いろいろ珍しい財宝が保存されている。日本最古の伝世品だと云われる景行天皇奉納の柊《ひいらぎ》の八尋《やひろ》鉾《ぼこ》をはじめ、斉明天皇奉納の飛鳥時代の甲《かぶと》、各時代の野心家または武将、大将軍などの奉納した甲冑、武器などが保存されている。なかでも大鎧は、日本に保存されている数の八割に及ぶと云われている。

ところが、その社宝は、日本の国が乱れていた時代に奉納されたものが多いのだから面白い。一般に、お寺には宝物が割合たくさん保存されているが、お宮には社宝というものが殆ど伝わってないのが通有だと云われている。私の見聞する範囲で云ってみても、田舎の相当に古いお宮で社宝を新しく仕入れたお宮が二つあった。どちらもこの前の戦争中にあった話だが、お宮の神官が私の知っている或る旧家の御隠居に、社宝にしたいから然《しか》るべき品物を寄附してもらいたいと云って来た。その御隠居は物わかりのいい人だから、自分のうちにあった昔の鏃《やじり》のほか、古道具屋で買って来た鏃を一方のお宮に奉納し、他の一方のお宮には古道具屋で買って来た紺紙《こんし》金泥《こんでい》の写経を二十行ばかり奉納した。お宮では双方とも、それを昔から保有して来た社宝として蔵《しま》って今日に及んでいる。これも戦争中だから奉納者があったということにならないわけでもない。しかし大山祇神社の社宝は、そんないかがわしい手続によって奉納されたものではない。

　私はかねがね大山祇神社に行ってみたいと思っていた。三年前か四年前、東京の或る百貨店にこのお宮の鎧や太刀が陳列され、それを見てから機会があったら大三島に行きたいと思っていた。今度、大三島の近くの大崎上島に行ったので、そこの郵便局長さんの案内で出かけて行った。呉線の竹原から巡航船に乗ると、大崎上島まで一時間あまり、大崎上島から大三島まで一時間内外である。

　大山祇神社は日本の総鎮守と号されている。大元神社、三島大明神、三島神宮とも云われ、よく昔の武人が南無三島大明神、南無白山権現と祈った、あの三島大明神である。武人にとって霊験あらたかなお宮であり神様であった。だから地域的に云っても格式から云っても、このお宮は内海水軍海賊衆の総元締のようなものであったろう。

国が乱れ、大合戦、大作戦が始まると、大将軍は海賊衆を味方につけるため、総元締のところへ使者を送ることになるだろう。大山祇神社の宝物館に行ってみてわかったが、陳列されている鎧や兜は時代別に云って殆どみんな世の乱れた時代に奉納されている。昔は戦乱に明け暮れした時代が多いので、平安時代、南北朝時代、鎌倉時代、室町時代、桃山時代と、ずらり百点以上の見事な鎧兜や太刀が陳列されている。台帳で明らかにされている奉納者の人別に云うと、赤糸縅《おどし》の鎧は源義経、紫綾糸縅の鎧は源頼朝、紫糸縅胴丸は木曽義仲、太刀は平重盛、護良《もりよし》親王、大森彦七、大内義隆、山中鹿之助、弓は河野通有《みちあり》、鉾は徳川家康と云った工合である。

「すると、海賊衆を手なずけるため、このお宮に手拭を配ったようなものですね」

案内の局長さんに云うと、「先ず、そんなものでしょうね」と局長さんが云った。

鎧兜は見る目に美しい。義経の奉納した鎧は赤糸縅の色が褪《あ》せ、二箇所だけ鮮明な緋の色の部分が残っていた。

「あの色の褪せているところは、明治時代の補修になるものです。褪せてないこの点々は、源平時代に作ったそのままのところです。染料が昔は上等だったのですね」

局長さんは、それから赤さびした兜を指差して云った。

「あの徳利のような形の兜は、一昨年あたりまで倉のなかにころがっていたのです。

元寇ノ乱のときの蒙古人の兜です。内海の水車が戦利品として持ち帰って、このお宮に奉納したものでしょう」

その兜のそばに蒙古兵の弓が陳列されている。頑丈な弓である。反りかえって、その反りを逆に反りかえらせて弦を張るのだそうだ。馬に乗って射るには都合のいいようにす寸がつまっている。

「胡砂《こさ》ふく風に、この弓ですね」

渦巻く砂塵のなかに、薄ぼんやりこの兜が見えるとしたら威力がありそうに思われた。

宝物館の外に出ると、軒の裏に椋鳥《むくどり》のような鳥が営巣して頻りに餌を運んでいた。青葉が目にしみると云ったようなお宮の境内で、八畳間いっぱいほどの太さの楠がそこかしこに生えている。局長さんの話では、樹齢二千年以上に及び、千年か千五百年の昔、楠の密生していたこの島にお宮を建てたのだという。現代と違って、お宮を建ててから樹木を周囲にあしらうのではない。鬱蒼と茂った森のなかにお宮を建てたのだ。だから庭にするところは樹木を取払い、平坦にして砂を敷きつめる。たった一本、代表的な太い木を御神木として残すぐらいなものだろう。

境内を出て帰りの船を待つ間に、波止場の近くの店で食事を注文した。男のズボンをはいたおかみが松茸を持って来て、これは今日そこの鳥居のわきの山で採れたサマツだと云った。秋に似た季節にだまされて生えた松茸である。この島には黒松のほかに赤松が生えている。

　私は食事がすんでからおかみに釣竿を借り、船が来るまで波止場に出て磯釣をした。おかみは生きのいいイソメを持って来て、私の餌のつけかたが拙《まず》いとぶつぶつ云いながらイソメをつけかえてくれた。

　船に乗ってから波止場の方を見ていると、おかみが私の返した竿で小魚を一尾釣りあげた。ここは宮浦という港である。昔の大三島水軍の城砦は、この港と反対側の南寄りにあったと局長さんが云った。

　後記――先日の上野の国宝展に、大山祇神社所蔵の赤糸縅の鎧が陳列されていた。たしかに私が四五箇月前に大三島で見た鎧だが、二箇所に残っていた鮮明な緋色の部分のうち、一箇所が抜け落ちて小さい穴になっていた。運送されるとき抜け落ちたものだろう。

大三島の樟の木

瀬戸内の大三島、大山祇神社の樟《くす》の木は樹齢がどのくらいだろうか。三千年くらいだろうか三千五百年くらいだろうか。

見当がつかないので木彫家の今城君に電話をかけて訊くと、あんな桁外れな古めかしい木では見当がつきかねると言った。木彫家はいつも年くった木を扱っているので、大体の見当がつかないだろうか、想定で云ってみてくれないかと云うと、気候、地味、環境なんか、いろんなものを考慮しなくてはならない。ちょうど今、目通り一メートルくらいの樟の木を扱っているが、宮崎地方から送って来た木で、内側の五、六寸くらいのところから二寸釘が出た。謂《い》わゆる西洋釘だから、明治以後の大工が使っていた釘だろう。キャップのところが錆びていて、他のところは黒っぽく変色しているだけだ。普通、大木になると針金なんか出て来ることもあるが、そんなときは錆びないで黒っぽい色になっている。

今城君はそんなことを云って話を反らすので、目通り直径六尺くらいの樟の木ならどうだろうと訊くと、その程度のものなら扱ったことがある。樹齢一千年くらいだと云った。ところが大山祇神社の樟は、物差で測ったのではないが胸算用しながら見たところ、周囲十三メートルぐらいはあったようだ。すると直径六尺で樹齢一千年の程度なら、古木になるほど成育が遅れるわけだから、外周り十三メートルとして樹齢三千年と見たらどうだろうと思った。

大三島は面積約六百八十町歩に周囲十三里の小島で、大山祇神社は船着場のすぐ近くだが、境内に入るといきなり森閑として厳とした気持になる。

この神社は昔は雄大な結構であったようだ。宝物蔵には昔の武将たちの奉納した鎧兜や蒙古人の兜や弓など保存されている。源平時代の大鎧と云えば、日本に保存されている九割までがこの宝物蔵に残っている。昔の有名人たちの書いた連歌の巻物もどっさり残っている。一遍上人の絵伝を見ると、上人がここへ社参したとき念仏踊をして、波間から海豚《いるか》が身を乗り出し、一緒に踊っているところが描いてある。森には鹿や猪が徘徊しているところを描いてある。

このお宮の境内の近くには、たくさんの山城の跡が残っている。いずれも附城と見え、本丸、二の丸、三の丸、石垣、濠の址《あと》など残って、小梅城址、多々羅城址、矢崎城址、明日《あけび》城址、オノベ城址、御串山《みくしやま》城址、ウテナ城址、オムロ城址、安積城址など、みんな小型ながら歴乎《れっき》とした保塁の址を残している。

大三島は瀬戸内に入る三つの瀬戸からの満潮が合流する箇所に存在する。瀬戸内の差潮は、紀淡海峡、豊予海峡、関門海峡、この三つの海峡から入って来る。ちょうど大三島の近く、燧灘（備後灘）の走島を中心にした近辺に寄せて来る。引潮のときには走島に背を向けて三つの関門から外洋に出る。瀬戸内を航行する船は差潮引潮に従って船の進み具合が違うので、潮待ちするために走島や大三島の最寄の港に泊ることになる。昔、帆船の頃、尾道や鞆ノ津、笠岡、玉島、室ノ津などが栄えたのはそのためである。

瀬戸内にはたくさんの島があって、清水の出る限りどんな島にも人間が住み、すべての島の中心となるのは大三島で、ちょうど人間で云えば臍のようなものだ。瀬戸内水軍の総鎮守が大山祇神社であったのも不思議でない。このお宮には古代史で云うヒミコの孫か曽孫あたりの時代からオチ氏と云う種族が住みついていたそうだ。つまり大山祇神社で樹齢一千年の樟の木を御神木として残した頃ではなかったろうか。

大昔の人はお宮を造営する場合、今日のように御神木を他所《よそ》から移植するのでなく、そこに生えている樹木のうち目ぼしいのを一つだけ残し、残りの木を伐って平坦にした地面にお宮を建てたのではないだろうか。もし御神木として改めて移植するつもりなら、昔の人だから神に祈るためおがたまの木を植えたろう。それで樟の木だから二年目の葉は五月頃に紅くなって落葉し、新緑が出て花が咲く。花はいい匂がする。おがたまの木も同様に五月頃に芳香を放つ花を咲かせ、葉も倒卵型で革質のところが両者そっくりだが、樟の木の花は白くて薄黄色が入っている。おがたまの木の花は白くて薄紫である。紀州新宮の熊野神宮にあるおがたまの木、丹波の出雲中社にあるおがたまの木は、いずれも初めに御神木を意識して植えたものだろう。おがたまの木の樹齢は樹身の太さ二尺が限度と云うのだから、丹波のおがたまの木は今後まだ百年くらいは生きているだろう。大三島の樟の木は、屋久島の縄文杉を除いて、日本のすべての木のうちで一番古い木と云うことだ。

備前牛窓

去年（昭和四十九年）十二月、岡山の親戚へ依頼の手紙を出した。次のように綿々たるものであった。

○自分は四年前の冬、風邪を引いているのに外出して二重に風邪を引いた。結果はキカンシゼンソクになって、呼吸困難で苦しい思いをした。実際、虫の息であった。痰《たん》が咽にからまって、咳が出ても痰が切れて来ない。

○爾来、風邪を引くごとに、キカンシゼンソクの発作を起すようになった。医者に諮《き》くと、人間が激しい咳をするときには、風速百何十米《メートル》の風を咽から出すので体が消耗する。だから空気がよくて気候の穏やかなところへ転地するに限ると云う。分りきったことだ。

○性来の気無精はよろしくない。この冬は是非とも転地したい。ついては瀬戸内寄りで、どこか風あたりのひどくないところの宿屋を紹介してもらいたい。一部屋だけでもいい。二部屋つづきでもいい。日当りがよくて、壁や雨戸に隙間がなくて、こちらの鼾《いびき》で心づかいをしなくても差支えないような部屋を頼む。

○自分の鼾のことを思うと、コンクリートづくりの部屋でも結構だと云わなくてはならぬ。このごろ各地の海岸町に民宿があるそうだが、鼾の心配が解消するところならそこでも結構だ。

○話は違うが森鷗外の作品に、神辺《かんなべ》の菅茶山《かんちゃざん》の書簡文が引用されていたのを思い出す。「夏も冬も寒く候。とかく煩い申候」という候文だ。茶山が七十すぎてからの手紙だが、二行詩として見ても絶品であると思う。老詩人の悲愁が、まざまざと現れている。

○自分も今に、夏でも寒さを覚えるように弱るときが来るだろう。冬はもう充分に「とかく煩い申候」である。

○以上のような次第につき、年内に転地できるようお世話を頼む。排気瓦斯がなくて、寒がりの老人にも冬を凌げる部屋。この二つに重点を置いてもらいたい。

その結果、岡山県の西大寺《さいだいじ》の町から東南に当る、牛窓という海岸町の宿を紹介された。

　ここは大昔からの港町で、万葉集にも牛窓の潮騒《しおざい》を詠んだ柿本人麿の歌一首と、もう一つ人麿が牛窓のことを歌ったのがあるそうだ。江戸時代には、ここから岡山の城下まで六里か七里の官道が通じ、事あるごとに脚夫や早馬が忙しく馳せ通っていたそうだ。蒸気船の時代になってから凋落した港だろう。

　暮の二十六日に私は牛窓に着いた。

　宿は、長い石段をのぼって行く岡の上にあった。部屋はコンクリートづくりだが、六畳あまりの広さでヒーターがあって、スリッパを脱ぐ出入口のところが三尺に四尺の土間である。試しに、テレビの音を自分の想定する自分の鼾の大きさにして、入口の襖《ふすま》と扉をしめて廊下で耳を傾けてみた。廊下を歩く他の部屋の客のスリッパの音が聞えるだけであった。

　翌朝、たった一本残った奥歯が痛むので、朝飯をすませるとすぐ歯医者をさがしに出た。初めての土地だから西も東もわからない。石段を降りて少し行くと大通りで、突当りの店に「名物牛窓煎餅と備前焼直売」という看板を出している。その軒下に立って日向ぼっこをしている婆さんに諮くと、

「歯医者なら、あそこですらあ」と、二棟つづきの仕舞屋《しもたや》のような家を指差して、

「けんど、あの歯医者さんのとこ、今、患者が十五人来とりますで」と云った。

それでは、出なおして来ようかと行きかけると、

「歯医者ならもう一軒、あっちの方にもあるで」と、船着場の方を指差した。

「どうも有難う」と、そちらの歯医者へ行くと、同じ仕舞屋のような家の広い土間に、靴や草履が十七八人ぶんも並んでいた。踵の高い真赤な色の女靴もあった。それで元の歯医者の方へ引返して行くと、さっきの婆さんが、もう一人の婆さんと並んで日向ぼっこをしていたが、

「あっちの歯医者も、お客がいっぱい居りましたろうが」と云った。

「十七八人もいたようです」と答えると、「気が迷いますろうなあ。じゃ、思いきって、こっちの歯医者へ行かれえ」と云った。

婆さんの云っていた通り、こっちの歯医者の方には十四五人の客がいた。私は二時間や三時間は待たされると思った。ところが、三つか四つの男の子の番になって、医者が口をあけさせようとすると「いやだ、いやだ」と大声で泣きだした。母親がなだめると、尚さら大きな声で泣き喚《わめ》き、母親の膝から降りて畳の上に大の字になってしまった。母親は決して叱らない。泣き叫ぶ子の耳に口を近づけて、何やらこそこそ云い聞かせるだけである。

医者は六十歳前後の年だろう。がっしりした体つきである。子供が幾ら喚いても叱るどころか、にこにこして満足そうに煙草をすいだした。にこにこ顔になったのは、患者を待たして一ぷくする理由がついたためだろう。待合室の客にとっては興ざめであったようだ。そっと立って行くものがいて、それをきっかけに十人ばかりの客が次から次に立って行った。くすっと噴きだして、立って行く中年の太った女もいた。むずかる子の母親は、さすがに持てあました風で、「先生、すみません。出なおして参ります」と云って、泣き叫ぶ子を抱きとって帰って行った。

おかげで私は順番を繰上げられた。治療をすまして外に出ると、さっき日向ぼっこをしていた婆さんの連れが四人に殖えていた。立ち話で何か相談ごとでもしているようであった。

——後日になってわかったが、歯医者のところに患者がたくさんいたのは、正月が近づいていたためであった。牛窓の近くにはたくさんの島がある。泊りがけでその島から治療を受けに来ているのもいたそうだ。一方、婆さんたちは別の理由で日向ぼっこをしていたことがわかった。水島から出た黒い油がこの海に来るかもしれないので、婆さんたちはその不安について話しあっていた。今度の重油の流出は国難のようなものである。婆さんたちは心配のあまり結束して語りあっていたわけだ。

それを私は別の意味に受取っていた。この町には海岸に新しい岸壁があって、船着場と駐車場と車道を兼ねた広場がつづいている。だから昔からの古い大通りは普通の車を通さない。家は昔の女郎屋町のときのままである。この小さな町に、江戸末期には女郎屋が百二十軒もあったそうだ。家のつくりは古風でしっかりしているが、たいていどの家も千本格子がはまっていて日当りがよくないように見える。土蔵づくりのような家もある。家のうちは日当りが悪いにきまっている。それで婆さんたちは車の通らない大通りに出て、日向ぼっこをしながら井戸端会議をしているのだろうか。私がそう思っていたのは間違いであった。

　黒い油は水島から香川県の方に流れ、徳島県、兵庫県の方に流れていたようだ。魚の汚染は気になっていた。よその町の人たちが、私の泊っている宿に来て魚の試食会を催した。結果は発表されなかった。私は初めのうち、流出重油は瀬戸内の潮と同じように、燧灘の走島のぐるりを溜場にするだろうと思っていた。走島は上汐引汐の去来する焦点だと云われているが、黒い油は潮の流れと違って私など想像のつかない流れ方をした。海底の地形と関係があるのでもないだろう。

　重油は呪われてあるべきだ。新聞のコラム欄に、流出重油のため惨めな姿になっている野鳥のことがあった。

　○イソヒヨドリが二羽、重油のために羽根をよれよれにして、一心不乱にオグラの木の実を食っていた。元来、この鳥は海辺の小さな生物を食って生きているが、重油による環境の変化で木の実を食べるようになっていた。憐《あわれ》を催さないではいられなかった。

文章は違うが、そんなような意味で、しっとりした気分で書いた記事のように思われた。

イソヒヨドリが活躍している時季である。宿の庭によく茂ったクスの木があって、朝、太陽の出る頃にその鳥の群がクスの実を食べに来た。十羽、二十羽と群をつくり、渡船場の近くの五香の宮というお宮の森から飛んで来て、ひとしきり食べるとその森へ帰って行く。入れかわりに、また十羽、二十羽と飛んで来て、食べ放題に食べて飛んで行き、次の群がまた飛んで来る。雀の群が秋の田圃を襲うやりかたである。この要領で空襲して来たのが米軍のB29であった。

イソヒヨドリは宿のクスの木の実をすっかり食いつくした。これで鳥はもうどこかへ飛んで行ったろうと思っていたが、畑で耕作していた人に聞くと、イソヒヨドリは阿弥陀山という大きな岡のオリーブ畑を襲っているそうであった。私が牛窓に来た去年の暮には、ムクドリの大群が阿弥陀山のオリーブ畑にむらがっていた。イソヒヨドリもムクドリも貪婪《どんらん》で、木の実だろうが昆虫だろうが何でも貪るので、コラム欄の記者からも誤解されている。（イソヒヨドリもヒヨドリも習性は大して変らない筈だ。ただ飛ぶときに、綾をつけて見せるリズムの取りかたがイソヒヨドリの方が地味だ。姿はイソヒヨドリが少し小ぶりである）

牛窓には野鳥が多い。ここでは小型の岡や中型の岡が幾つも並び、その岡の根に沿うて町屋がつづいている。岡の上にはたいていお宮があって、頂の林を伐らないで残してあるから野鳥が集って来る。私は牛窓に来て三日目に、坂道をのぼる訓練のため、頂上の森がよく茂っている中型の岡にのぼった。麓に農家風の家と古井戸と、婆さんばかり集会している黒住教《くろずみきょう》分院があった。岡の中腹のあたりに野菜畑があって、ちょっと一箇所だけ、坂が急で雪駄ではのぼれそうになかった。それで畑のほとりに立って一息ついていると、坂の上から降りて来た農夫らしいのが、「急なところは、ここ一箇所ですで」と云って、笑顔で私を引張り上げてくれるような手真似をした。六十前後の男である。「よし、ここが正念場だ」と私は、やっとその難所を独力でのぼって「御苦労さん」とその人に云った。相手はこっくりをした。この辺の人の通有だろう。山国の人と違って、旅の他国者に対して気を許したような風をする。歯医者のうちを教えてくれた婆さんも、底ぬけに明るく話しかけて来た。

この中型の岡は天神山と云って、頂上に天神様を祀ったお宮が建っている。元来、頂上の地域は前方後円の古墳の址で、無数の弥生式円筒が出土したそうだ。昔の人はそれを花筒だと思っていたらしい。円筒の出て来るお宮の裏手の森を万壺山と名づけ、また千壺山とも名づけている。室町期には牛窓領主何某の居城であったそうだ。この由来因縁は、折からこのお宮へお詣に来ていた老人から説明されて知った。この人も気さくに口をきいた。

「あたしゃ、あの蜜柑山の向うの長浜のものですが、孫の入学試験の祈願に来ましたんです。どうか試験が受かりますように、天神様へ絵馬札を掛けに来ましたんです」

この隠居は、石の鳥居のわきから展望される島の名前を一つ一つ教えた。源平盛衰記の成親《なりちか》流罪の一節に出るという岬の名も浜の名も、右寄りの遠くの方を指差して教えてくれた。たくさんの島のうち、古墳が残っている島は繰返して名前を云った。すぐ近くの前島という島には、瓢《ひさご》型の古墳が四基あって、その属島の黒島には瓢型のが一基ある。黒島というのは小さな島だから、古墳は島の三分の一ほどの場所を取って、大きな松の木に覆われている。天神山からそれが目の下に見えた。この黒島とその次の豆粒のような島にも貝塚が発掘されているそうだ。

私は自分の仕事のことを思い出した。去年の夏から筑摩書房の季刊「文芸展望」に、地蜂の巣を掘る話を聞書で連載しているが、次に書くことがまだ見つかっていない。

「話は別ですが、この辺の人は、地蜂の巣を掘らないんでしょうか。土のなかから掘出す地蜂の巣です」

そう云って諮くと、隠居は「さあ、知りませんですなあ」と云って、混ぜ返しでもなさそうに、「あんさん、地蜂の巣の化石を発掘なされるんですか」と云った。

皮肉で云ったものとも見えなかった。

鳥居のそばのベンチには広いビニールが被さって、小石の重しが載せてあった。ビニールは鳥の糞の乾いたのや真新しいのがいっぱいで、腰をかける気になれなかった。隠居はそのビニールをめくって、「誰かが、こういうベンチ衛生法を考えたんです」と云った。

隠居の説明を聞くまでもなく、ビニールがなかったらハトの巣の真下のようになってしまう。すごい糞である。私は暮から元日までに、宿に先約客があるので三度部屋を変えさせられた。正月二日にはまた引越で、この辺で一番大型の岡の阿弥陀山の山荘へ移された。その岡の東側の傾斜面にはオリーブ畑があって、西と北側は松林である。私はここの山荘に一泊させられて、オリーブ園をムクドリの大群が荒らすところを見た。何百羽というムクドリが襲って来る。この鳥がどこかへ渡って行くと、ヒヨドリやイソヒヨドリの大群が来て食い荒らす。それが禁猟区の天神山の森に来て、日当りのいいベンチや鳥居の上に脱糞する。その証拠がビニールの上にあるわけだ。糞の正体は殆どみんなオリーブの実で、だらんと伸びて溶けかけた黒紫色の果肉のなかに、白く小粒のまま残る核が混っている。

私はベンチに腰をかけ、水島から出た重油の話をしかけたが、隠居は話に乗らなかった。気のないように「黒い油の海に、月が写ったらどう写るでしょうなあ」と云うだけで、「では、ごゆっくり」と云い残して石段を降りて行った。あの隠居、日参して今日が満願の日らしいという印象を受けた。

私はビニールをそのままにして置いた。拝殿のところに行ってみると、絵馬の代りにB6判ほどの板が格子組の扉のわきに三枚ぶらさがっていた。二枚は少し古びて去年か一昨年あたりのものらしい。新しい一枚には、達者な筆蹟で「合格祈願」と大きく書いて「西大寺高校入学受験生・亥年生乃男子」としてあった。

私はその翌日も翌々日も歩行演習で天神山にのぼったが、孫の入学を祈りに来る隠居にはそれきり会わなかった。人に聞くと、このお宮は入学試験のときお願いすると御利益を授けてくれる。習字も上手になるようにしてくれる。天神様は太宰府へ流される海路の途次、牛窓に寄港してこの岡にのぼったと伝承されている。

天神様の遺徳は地の底の虫にまでも及んでいる。土のなかの蟻地獄という虫も、天神様を慕ってここの拝殿の軒下に集って来る。床下にもたくさん巣をつくる。牛窓町調停委員の竹田さんという人に諮くと、蟻地獄のことをここではアマノジャクと云い、子供たちはニラの葉でこの虫を巣のなかから釣りあげる。

「まさかそれは、天神様の伝承とは関係のないことでしょう。子供の遊びでしょうか」と諮くと、「子供の遊びです」と云った。

ニラの葉の先に鼻くそをひねって丸く練りつけて、アマノジャクの穴に入れると、さっと飛びついて来る。蟻地獄が鼻くその餌に向って、向う合せで飛びつくという。

私はオリーブ園の山荘に泊ったときの見聞をノートにとった。

○一月二日。正月で宿の部屋に先約の客が来るので、オリーブ園の観光食堂まで送られて来る。夜、四国高松の灯がすぐ近くのように見える。その左手に屋島。案外に大きく見える島だ。その形から云って、噴火で生じた島ではないかと思う。

○観光食堂から山荘まで一丁か二丁。山荘は、飛び飛びに六軒ある。山路の左右、黒松の松林のなかに、ムロの木、ヤマモモの木、カクレミノの木など、植木溜のようにたくさん生えている。正月二日というのに山ツツジの狂い咲き。

○当地、阿弥陀山オリーブ畑のオリーブは、米国産のもの（ミッション）と、スペイン産のもの（マンザロニ）の二種。新種はラッカー、オブロンガ。五月六月に開花。白十字花、風にゆらぐとのこと。（オリーブ園のパンフレットより）

○この岡の頂上、標高三百米。トビが目の下に五羽六羽、飛びながらふざけあう。互に餌を奪いあう真似をする。ここの人の云い伝えでは、トビが岡のまわりを飛びながら鳴くと、雨になる。小豆島の山の中腹にちぎれ雲が湧くと雨。小豆島の山頂に巻雲《けんうん》が出ると南東の風。

○秋の夕焼は、鎌を研げと云われるほどで翌日は晴。春の夕焼は、蓑を着て来いと云っているのも同じで、必ず天気が崩れる。

○阿弥陀山の頂上から見て、東北側の山裾に拡がっているのは昔の干拓地。元は塩田、今は空閑地。面積、五百町歩。いずれ樹木を植えて遊歩場のようなところにするとのこと。塩田のあとだから地味が塩っぱい。ジャガ芋、さつま芋を植えると、塩っぱい芋が出来る。湿地のようになっているところに、一千羽ほどのカモがいる。禁猟地ということを、カモは知っている。

○牛窓には江戸時代にオチョロ船があった。何百人もの娼婦がいた。その昔の安土桃山の頃、牛窓で誰よりも先に梅毒になったのは、備前、美作《みまさか》、播州の太守、五十何万石の宇喜多直家であったという。倭寇が将来した病気である。

○昭和三十三年、日本開闢《かいびゃく》以来の劃期的な売春防止法が実施されたとき、牛窓には娼妓一人ずつ抱えた妓楼が二軒しかなかったという。

○明治末葉、牛窓から西大寺まで、乗合馬車が通っていた。鹿忍《かしの》の急な坂を越えるとき、馭者《ぎょしゃ》は乗客にこう云った。

「お旅人さん、ここァ鹿忍のタオ（峠）でさあ。みんな降りて、車のあとォ押してつかあさい。馬が、えろうてなあ」

客は「ソレマケ、ソレマケ」と懸声かけて馬車を押す。坂をのぼりきると、馭者はお客に云う。

「お旅人さん、どうも有難うさんでした。メエ（前）の通り、車に乗っておくんなせえ。ハイドウドウ」（「牛窓風土物語」より）

　その日の午後、オリーブ園の食堂まで車で運んでもらった。そこから先は、山荘の管理人かと思われる八十歳ぐらいの老人が案内してくれた。たぶん管理人であったろう。カーキ色のズボンにジャンパーを着て木のサンダルをはき、腰に鍵束をぶらさげていた。

観光食堂から山荘までの山路は、車道から反れて松林のなかを徐々に下って行く。松の木に混って珍しい木がたくさん生えている。下草は主にサカキと山ツツジである。「あのカクレミノの木、観光用に栽植したのかしら」と管理人に訊くと、「いえ、植えたんじゃありません」と云った。

山ツツジが狂い咲きで四輪か五輪、花弁をちょっと縮らしたようにして咲いている。「正月二日というのに、ツツジが咲いている。ちょっと苦しそうな咲きかただな」と云うと、「ツツジは一年じゅう、ここでは、どこかしら三つ四つ咲いておりますが」と云った。

管理人は山荘のなかに私を入れ、茶の間に電気炬燵を置き、ピンポン室のテレビにスイッチを入れて風呂の湯を出した。それから鍵と懐中電気を私に手渡して、「夕食は五時から七時です。食堂まで食べに来てつかあさい。では、ごゆっくり」と引返して行った。物静かな老人である。

この家は表から見ると一階建になっているが、なかに入ると階下に降りるコンクリートの階段がついている。洋風の部屋が二つくらいあるらしいが、薄気味わるくてそこは見なかった。テレビを消すと森閑として、とりつく島もないような気持になった。炬燵の火を消して外に出た。戸口の表札は「別荘第一号」となっている。家の横手に出ると、「別荘第二号への道」と道しるべが出て、松の木の隙間にその家が見えた。こんな家が全部で六棟、松林のなかのところどころに建っている。

私は食堂で四国高松の夜景を正面にしながら夕飯を食べた。懐中電気をつけて山路を山荘へ引返すときは、闇が怖くてびくびくものであった。この夜、不思議なことに私は蒲団に入るとすぐ眠れた。朝は早く起きて日の出を見た。

私は牛窓を引揚げるまでに、阿弥陀山へ三回しか行かなかった。東京へ帰って来たのは二月下旬だが、五月か六月になったら行きたいと思っているうちに拙いことが起った。四月三日の夜十時ごろ、岡山の親戚のうちから、いま阿弥陀山が山火事で燃えているそうだと知らせて来た。食堂や山荘は大丈夫かと諮くと、こまかいことは分らないが、山火事は消しにくいというから、燃えているかもしれぬと云った。

私は牛窓の宿へ電話をかけようと思ったが、夜の十時をすぎていたので翌日になってかけた。二度かけたがお話中のため、牛窓名物の煎餅屋に近い新聞取次所の岡崎さんにかけた。

放火でなくて失火であったという。火は夜の十時から翌朝まで燃え続いたそうだ。

一晩じゅう燃えたのだ。八十四歳の老人が枯草を焼いていると飛火になって、山の木に燃えひろがった。松喰虫で枯れている松は焚付の役目をした。オリーブの木はオリーブ油を含んでいるから生木でもよく燃えた。山荘は六棟のうち四棟が焼けて、食堂は附属のこまかいものは別として、本館は本格的な堅牢な建物だから無事であった。その夜は風が強かったので、役場に飛火したら大変だと騒いだが、役場も山裾の民家も被害がなかった。山のアトリエも無事であったという。電話がすんだ後で、ふと私は、枯草を燃していたのは山荘の管理人ではなかったろうかと思った。

阿弥陀山には中腹のあたりに、日本建築にちょっと洋風を取入れて、気のきいた建てかたをしたアトリエがある。私も一度、そこを通りすがりに洒落た家だと見て、それを背景にカメラに写ったことがある。眺望も申しぶんがない。これは旅から来た画家を無料で逗留させるため、牛窓の篤志家が気の向くままに建てたものであるそうだ。誰彼の区別なく家を貸してくれる。山のアトリエというのがそれであるが、誰が建てたのか誰が差配しているのか私は聞きもらした。現在は一人の老画家が入っているとのこと。その人は十五年間、日本じゅうのいい景色をさがしまわり、結局、ここが一番だと定めたそうだ。

私は牛窓で知りあいになった人たちのうち、調停委員の竹田さんとお医者の菅田さんに火事見舞の手紙を書いた。それが通りいっぺんのものになったので、余計な手紙のような気がしてポストに入れなかった。手紙は破いて棄てた。火事を出したという八十四歳の老人は、狭い町のことだから竹田さんや萱田さんの知りあいでもあるだろう。山荘の管理人が火を出したのだとしたら尚さら拙い。

　私が牛窓で何よりも先に訪ねたのは歯医者であった。次に新聞の配達を頼みに新聞取次所の岡崎さんを訪ね、この人の紹介で内科医の萱田さんのところに行ってキカンシを診てもらった。次に岡崎さんの紹介で、岡崎さんの幼な馴染の調停委員と知りあいになって、牛窓近辺の見物に連れて行ってもらった。

　医者の萱田さんは七十七歳である。戦争中は軍医大佐か中佐であったという。戦後、ちょっと中気になったとき足を悪くしたとのことで、動作は緩慢だが気分には生気がある。初対面の印象では、顔つきと云い体つきと云い、晩年の高村光太郎さんに似ているようでもあり、よく写真に出ていた宇垣一成《かずしげ》大将にも似ているように見えた。よくよく見ているうちに、だんだんと宇垣大将に感じが似て来てしまった。後でまた萱田さんから聞いた話では、宇垣一成は牛窓の裏手の村の出身で、子供のとき天秤棒で笊《ざる》を担ぎ、シジミを売りに岡を越えてこの町へ来ていたと云われているそうだ。馬場恒吾さんも岡の裏手の長浜の生れであるそうだ。しかし宇垣大将と萱田さんは親類でも何でもないらしい。

菅田医院は、大通りの間口の広い家に附属する土蔵のなかにある。入口の土間から患者の待合室、診察室となって、居間へは待合室から通じるようになっているようだ。診察室には海の方に向けて大きな窓があって、その外にセメントで固めた広い道を通す岸壁がつづいている。それで患者は診察を受けながら、窓の外の海を見ていることが出来る。去年の秋、「あこがれの雲」というテレビ映画をつくる人が牛窓に来て、この診察室を見ると、これは稀少価値があるからどうしても撮影させてくれと云って、写して行ったそうだ。

菅田さんは私の宿にも訪ねて来た。毎週、月、水、木の三日、沖に見える犬島の診療所へ連絡船で出張しているが、今日は出張日でないから訪ねて来たと云った。連絡船は午前十時に港を出て十一時に向うに着き、午後五時にこちらへ帰る。

私は犬島という名前に記憶があった。瀬戸内には四阪島と犬島の二つの島に銅の精錬所があると覚えていた。菅田さんの云うには、鉱毒がひどいので犬島の銅の精錬所は明治時代に閉鎖された。次に太平洋戦争の頃、また何か公害を出す工場が出来たが終戦でつぶれ、このごろは別の公害を出す大きな工場が出来ているという。陸でも島でも、忙しく何かの事が運ばれているのがわかる。

菅田さんが云った。犬島の人家は百軒で、学校は小学校と中学校を合せて生徒が三十人、先生は十五人。診療を受けに来るのはたいてい老人ばかり。この島は、昔から良質の御影石を出すので世間に知られていた。大坂築城のとき、因州の城主であった池田光政は犬島から大きな石を団平船《だんべいぶね》という船で大坂に送り出した。諸国諸大名の献上した石のうち、犬島から出した石が最大であった。長さ三間四尺、横九尺、厚さ八尺。見るものはみんな呆気にとられ、牛窓沖の犬島という名前が大坂じゅうの人に知れ渡った。そのため大坂の商人から牛窓の材木商に注文が殺到した。江戸時代には犬島の営林管理のため番所が置かれ、これは牛窓番所の傘下に入っていた。牛窓番所では切支丹を取締り、他国の商人、職人を取締り、番人は御用船の旗を立てた四間三尺の船を乗りまわしていた。

犬島の御影石は昔から高く評価されていた。鎌倉の鶴岡八幡宮の大鳥居も、池田家の墓地の石も犬島の石である。日露戦争のときの旅順口封鎖の用材も、大阪築港の用材も犬島石である。こんな風に昔から石を掘出したので、この島には大きな穴ぼこがところどころに出来ている。深さ三十米ほどの穴もある。現在はそれに水がたまって池になっている。菅田さんはその池を一つ手に入れてコイとアヒルを飼っていたが、最近、コイもアヒルも同時に死んでしまった。

「どういうわけでしょうか。しかし、泥ガメだけは生きています。あれは強靭な生物ですね」と云った。

「カメの肉は、スッポンに似ているそうでございますね。食べてごらんになったらいかがでございます」と云うと、「食べられるんでしょうか」と云った。

私が子供の頃は、田舎では夏になると行商人が、盤台を担いで泥ガメを売りに来た。「ええ、グシええ、グシええ」と高らかな調子で呼んでいた。注文する人があると、行商人はその人のうちの軒下で泥ガメを料理した。甲羅のなかから肉や内臓を取出した。卵は大きいのや小さいのが筋のようなもので繋がっている。

「腸《はらわた》のなかの卵巣なんか、ニワトリのとそっくりです。初めての人でも、卵なら食べられますでしょう」と云うと、はっきりと菅田さんは、つまらなそうな顔をした。

菅田さんは肉食を厳禁しているそうだ。間食も絶対にしない人だということがわかった。朝は何とかという大きな西洋野菜の葉を一枚、ミキサーで溶液にして塩味で飲み、食パンを補助にして、昼食は抜きにするという。裸足で歩けばもう荒野の聖者の暮しと変らない。

私は菅田さんの朝食にする野菜の名前を忘れている。ある趣味雑誌の最近号に、

「花巻近郊太田村で、野菜づくりにいそしむ光太郎。昭和24年10月撮影」という見出しで、畑の野菜の虫を取っている高村光太郎さんの写真が載っていた。菅田さんの食べるのが、それと同じ野菜である。私は荻窪の植木屋にその写真を見せたが、「俺、菜っぱのことはわからねえな」と云った。

菅田さんはその野菜を自分の菜園でつくっている。「ぜひ私の菜園を御覧ください」と云って、私をそこに連れて行って見せてくれた。場所は診察室の窓のすぐ外で、岸壁の手前のコンクリート道路との間である。セメントの囲いがしてあって、土の底もセメントで畳んでいるから肥料が逃げないと菅田さんが説明した。コンクリートの四角いタンクに肥土が入っているわけだ。

「面積は約一坪です。私の食べる野菜の一部は、ここで産出されることになっております」

菅田さんはそう云ったが、一坪よりほんのちょっと広い。一坪半に少し足りないくらいに見えた。

「しかし菅田先生、二坪くらいはございますでしょう」と私がお負《まけ》を云うと、「さあ、どんなものでしょうか」と云った。

「この肥土は、農家で買ってらっしゃったんでしょうか」と諮くと、「いえ、どう致しまして。農家は、決して土を売りません」と意外に厳しく云った。

土は他所から持って来て、灰や肥料をくれてやって肥土に育てたのだ。毎朝、起きぬけに無念無想で小便を土にかけてやるが、それが一日で一番たのしいときだという。

西洋野菜は六株か七株かあった。カキチシャのように下から下から葉を欠いて行く野菜である。他にトマトが一本、これは茎が萎れて黄色い小さな実が一つ二つついている。出来そこないの、五六本の細いネギもあった。一株のオランダイチゴと、かさかさに枯れたカワラヨモギが一本あった。

「カワラヨモギは、もと犬島にたくさんありましたが、製薬会社のものが来て、すっかり取りつくして行きました」と云った。

私は牛窓で二三の例外を除けば老人ばかりと交渉を持った。つい自然そうなった。名物牛窓煎餅の主人も相当な老人で足が悪く、細君は補聴器がなくては駄目なお婆さんである。主人の方は煎餅を焼く一方、婆さんの里が伊部《いんべ》の備前焼の窯元だから、そこの焼成品を取寄せて売っている。この町には江戸時代、備前焼の土産物屋が六軒営業を許されていたが、どんどん数が殖えるので新出来の店は営業停止になったことがある。備前焼は江戸時代にここの取次名物であったようだ。私はこの煎餅屋で、おあずけ徳利を二つ買った。一つは一輪差にして、一つは牛窓で自分用のおあずけとして使っていた。

私が交渉を持った人たちのうち一番年若いのは、正蓮寺という寺のわきの坂をのぼりきったところの床屋さんである。ちょうど私が犬島へ見物に行こうと思っているときだったので、犬島へ行こうと思っていると云うと、犬島なんか仕様もないところだから、小豆島に行って八十八箇所巡りをすればいいと云った。小豆島行の巡航船は今年三月末日限り廃止されるので、今のうちに行くべきだと頻りに勧めた。

小豆島の八十八箇所を巡る観光バスの案内人は、一箇所を出てバスで次の箇所へ着くまでに、浪花節の一節を語り、その次の箇所へ行くまでに続きの一節を語る。

「そりゃあ、何ともよろしいよ。是非とも行かれえ」と床屋さんは云った。

浪花節の外題は諮き忘れた。結局、風邪を引くと拙いので、小豆島にも犬島にも私は行かなかった。

最後に気温のことだが、暮から二月末までに底冷えするといったような日は一度もなかった。小豆島の山の峯に雪が降っていても、牛窓は糠雨であった。マントを着たり襟巻をしたりしているのは旅から来た人だけで、自転車通学の中学生たちも、手袋をはめたりオーバを着たりしているのはいなかった。車の運転手の話では、西大寺方面の吹きさらしのところから帰って来て、鹿忍の峠を越えて牛窓に入ると途端に気温が上るという。はっきりそれを肌に感じると云っていた。

牛窓の雨は小降りとも云えないほど微かに降った。冬の浜辺に降る雨は、どこでもそうではないかと思う。

四月三日、牛窓の岡崎さんから来た手紙には、山火事の址は赤茶けて、ヤマザクラの木が芽を出しているだけだと書いてあった。

ふるさとの音

山陽線の岡山、倉敷あたりから、西は福山、鞆ノ津、尾道、三原あたりにかけて――この辺の風土気候は、山村も島嶼《とうしょ》も含めて、極上に属するものだと私は思っている。人口が稠密にすぎるのも、そのためではないか。地質的には第三期層の頽齢期に入っているのだそうだ。

おだやかな風景である。しかし旅から来た人は、この辺の風景は何だか日向くさいようだと云うこともある。丸っこい山のつらなりを見て、あれは古墳群かと聞く人もある。この辺の夕凪の蒸暑さは閉口だと云う人もある。それなら夕凪のときだけ、ぬるま湯の風呂に入っていたらどうだと云い返してやりたい。夕凪の蒸暑さは僅か一時間内外である。夕凪がすぎると、後は涼しい海風が吹いて来る。

私が子供のころには、この辺の山村では内職が盛んであった。人口稠密だから自然にそうなったのだろう。小学校から帰って来た女の子は、お袋から赤んぼを背中にくくりつけられ、道を歩きながらも手内職の経木真田を編んでいた。たまたま村芝居があるときには、おかみさんや婆さんたちも芝居を見ながら真田を編んでいた。それが一人や二人でない。何十人もの人が編むのだから、さらさらという微かな総合音が生れて来る。時の村長が「まるきり蚕室の音のような」と形容したのを私は覚えている。蚕が桑の葉を食べる音にそっくりであった。

当時、経木真田を編んで、一日の稼ぎが何ほどであったか知らないが、私が中学四年の年の相場は二銭より下であった。私の上級生に川口村の清水さんという中学卒業生がいて、その人が受験勉強するについて、夏の暑い盛りに一週間ばかり近所の女の子を雇って団扇《うちわ》で煽がせた。扇風機の代りである。その煽ぎ賃に一日ぶん二銭の割で払った。

「真田を編むより割が良いそうだ。もっと煽がしてくれと云うのだが、どうも落着いて勉強が出来ん。断わった」と清水さんが云っていた。

小学校を卒業した女の子は、たいていの者が家の土間の隅で織機《はた》を織っていた。嫁さんもおかみさんも織っていた。染めた糸を問屋が持って来て、織らして賃金を払って製品を持って行く組織になっていた。これは山村での生態で、漁師原や島方なら、女は織機の代りに畳表を織っていた。私は中学一年のとき、田島、横島、向島というような島に行ってみたが、漁師原で畳表を織るのは女の仕事、芋畑や除虫菊畑を耕すのも女の仕事のようであった。田島の漁師原のある家では、若くて太った大きな女が丸裸に前掛ひとつだけで畳表を織っていた。藺《い》を一本ずつ縦糸に当てがって締めて行く。締めるとまた一本、また一本と、一心不乱に織っていた。

概ね手内職というものは、当人が傍目も振らずにやるのが作業態度の特徴である。第三者から見れば少なくもそう見える。私は子供のころ、人の手内職しているのを見るのが好きであった。ことに竹の皮で竹皮笠をつくるところなど見ていると、自分でもつくってみたくなって来た。

私の田舎では竹皮笠のことをデンバチと云って、田の草を取るときとか雨のなかで耕作するとき被っていた。漢字では竹冠に弱という字で書く笠である。現在、こんな笠をかぶって歩く人は田舎でも皆無だが、私の生れた村から西寄りの府中という町の在では、今でも全村あげてデンバチの製造をやっている。尾道や松永や福山などの名産「鯛の浜焼」を包む容器にするためである。誰かが最初、生ぐさい鯛の浜焼をデンバチに包んで人に贈ったので、これは重宝だと業者たちがデンバチを採用するようになったのだろう。もはや実用的にすたれてしまったデンバチが、一村をあげて企業的に器械によって製造されているのはそのためである。販売過程の変化にもよるだろう。

デンバチの手内職と同様に、織機を織る内職も、畳を織ることも、経木真田を編むことも、もうみんな工場に持って行かれてしまった。器械の力にはかなわない。畳表も本場の備後表は岡山県西阿知の器械表に圧倒され、本場では藺を植えても引合わないので藺畑は殆ど跡を断った。だから備後表の特別注文があると、西阿知附近の上出来の藺を取寄せて手織で織っている。よほど贅沢な人でない限り、今日では手織の畳表を注文してくれないそうである。

備後の一部のこと

安芸と備後を加えて広島県。――私は安芸については何も知らない。備後のことも、私の郷里（福山市近在）のことを、それも三十何年以前の風習を、うろ覚えに心得ているだけである。

その範囲で云って、新暦の十二月には――

先ず農耕仕事では、稲架《はさ》をおろして脱穀、臼ひき、俵装、大つごもりまでに小作は地主へ年貢納入（今では供出だろう）という順序。

副業は、藁仕事が主である。縄、蓆《むしろ》、かます、俵あみ、ハイドオラの製作。竹細工では、自家用の目籠、腰つけホボロ（草取の籠）、笊の製作。これは日当りのいい庭でする。

十二月の行事では、冬至の日に南瓜を持って山上の「おつき」という石（神様か仏様か不明）をお祈りに行く。高さ二三尺の石の面に、三ヶ月が彫ってある。

この石のほとりで、南瓜の醬油汁をつくってもらって喫することになっている。南瓜は持参しなくても接待にあずかることが出来る。持参しない人が多いだろう。

南瓜汁を頂くと、夏まけを防ぎ中風にならないという迷信がある。

この地方には棚田が多いので、したがって山裾や切通しの下などに溜池が多い。私は子供のころ、十二月には溜池にオシドリが游《およ》いでいるのを見た。鴨もいた。

さて、この地方に特殊な行事が一つある。

毎年、大つごもりの晩に、一宮さんという神社の境内で「大うそ話」が行なわれる。人の話では、その日は近郷近在から話上手の者が餅を背負って集まって来て、とっておきの大うそを話す。それを聞くのを楽しみに、やはり餅を背負って来る者がある。たいていは山奥の人が多い。ずいぶん遥かな山奥の村から来る者もいる。

大うそ話の催しは、神殿の前庭で焚火のまわりに円陣をつくり餅を焼いて食べながら夜っぴて行われる。

大うそを上手に話して聴衆を感心させた人は鼻が高いわけで、これには話術でなく素材をつかむ才能も必要である。

なかには荒唐無稽な話もあるが、実話そのままのように、地名、川の名、神社仏閣の実名を取入れて話す者もある。

私は郷里に疎開中、一人の孤児に関する哀話を聞かされた。三里ばかり離れている或る近くの村の百姓夫婦が、一宮さんのお祭で五歳の女児を迷子にした。

ところが十年後に、一宮さんのお祭に来たサーカス団に、その迷子が女軽業師として芸当をやっていた。

その子の親は団長に、子供を返してくれと交渉したが拒絶されたので、その翌年からは毎年一宮さんのお祭に来る木下サーカスを見に行って、よそながら自分の子供を見て心を慰めていた。

そのうちに鳥取の大震災で木下サーカスがつぶれ、生き残ったその子は仲間の噂をたよりに苦労しながら自分の親のところに戻って来た。

この話を聞いた当時の私は気の毒な話であると思っていた。

ところが、最近、それが大うそ話の一つであることがわかった。

たぶん今でもこの行事は残っているだろう。保存して然るべきだと思う。

故郷の思い出

私は備後福山在の加茂村の生まれで、六つのとき初めておじいさんに連れられて福山見物に行った。見るもの聞くものみんな珍しく、通り丁というところの踏切で初めて汽車を見た。貨車か客車の区別は知らないが、何か容易ならぬ代物だ、油断ならぬ代物だ、というような印象を受けた。

そのとき福山城跡へも見物に行った。五層の天守閣は小児の見物料二銭であったと記憶するが、おじいさんがバラ銭を持っているのに一円札を出しておつりをもらった。それから伏見櫓も見物した。ここには一階から三階まで、よろい、弓矢、刀剣、馬具などが陳列され、みんな即売の正札をつけてあった。おじいさんは私の希望に応じて、やじり（鏃）を三つ買ってくれたが、一つ五銭か六銭なのに五十銭銀貨を出しておつりをもらった。おじいさんは外に出るとおつりをもらいたがる癖があった。見ていて私はそれが照れくさかった。

やじりは二つが普通のもので、一つは桜すかしであった。私はそれを福山土産として家に持ち帰り、その後ずっと自分の大事な所蔵品とした。福山中学（今の誠《せい》之《し》館《かん》高校の前身）の寄宿舎へ入ってからも机の引出しにしまっておいた。

伏見櫓の陳列場の番人は、たしか鐘楼守を兼ねていたようで、ひどい近眼の男であった。これが時を知らせる鐘をつき鳴らす。三つ棄てがねを鳴らしてから時間の数だけ鳴らしていた。私はその鐘楼守からやじりを買ったわけだから、中学に入ってからも、鐘の音と私の桜すかしのやじりに関連があるような心地で悪い気持がしなかった。鐘つき堂の正面には八重桜があった。年ごとに見事な花を咲かせていた。

私は中学を出ると上京し、その後はときたま郷里に帰るだけで、伏見櫓の陳列場がどうなっているか知らなかった。しかし以前のままになっているはずだと思っていたので、あるとき小説家の加藤武雄氏に、「僕の郷里の福山城には、よろいや弓矢が陳列されています。紺糸おどし（威）のよろいが、たしか百円でした」というと、加藤氏が「では、そのよろいを買って来てくれ」といった。それで郷里に帰ったとき福山の人に聞くと、あの陳列品は三年前に東京の人がみんな買ってしまったということであった。一度にごっそり買い占めて貨車に載せて行ったそうである。

最近、伏見櫓は改装の化粧を施されたそうである。天守閣は先年の空襲で焼け落ちたので、再建するといっている人があるそうだ。しかし城というものは廃虚のままの方が反って趣きがある。私はそう思う。

備南の史蹟

私は備後福山在の生れだが、この地方で自分の見ておきたいと思っているところを随分まだ見ていない。すなわち、次のようなところをまだ見ていない。

備後の国分寺趾。
神辺、菅茶山の塾。
深安《ふかやす》郡、服部の大池。
蛇円山の頂。
芦品《あしな》郡、相方《さがた》城趾。
深安郡、馬乗観音。
三原城趾。
神石《じんせき》郡、小畠《こばたけ》代官所附近の武家屋敷内部。
（その他、略）

国分寺趾にはまだ礎石が残っているかどうか。伽藍石は雨ざらしになっているかどうか。瓦の破片が邪魔っけにされて畑の隅に積み重ねてあるだろうか。今、私はそんなことを思ってみるだけで、しかし、どうして自分は生れ在所附近の国分寺趾さえも知らないのだろうと、聊《いささ》か物足りない気持にさせられる。

菅茶山の塾は、森鷗外の「北条霞亭」に構造が詳細にわたって書いてある。一昨年、私は必要あって、人に頼んでその塾を写真に撮って来てもらった。無論、それで見ると農家の造りでもなく、商家の造りでもなく、武家屋敷の造りでもなく、粋好みでもなし野暮ったくもなし、とにかく悪くない好みの造りになっている。窓格子の間隔におさまりがついて清潔感をそそられる。老詩人茶山先生の漢詩を朗読している声を、録音で聞かせたらぴったりする場所だと思われる。今日、たまたま画家の矢島堅士氏が、茶山の七言絶句と北条霞亭の七言絶句の半折を拙宅に持って来て見せてくれた。茶山と霞亭が福山の矢島家を訪ねたときに共に書いた詩のように思われる。彼等は良き時代に生れているのが羨しい。

服部の大池は、旧藩時代の土木奉行神谷川某の構築によるものだと云われている。私が子供のときには、この池の水を抜いて魚を漁る行事があったように覚えている。尺鮒や大きな鱒《ます》を漁って来る人たちが私の村にもいた。その人たちは旧藩時代の風俗を再現したような服装をして、竹でつくったウザと称する漁具を携行している者が多かった。昔からの伝統をひいている行事であったろうと思われる。

　蛇円山は誰の所有する山か知らないが、悪くない山容を持って附近の群山から抽《ぬき》ん出ている。先日、私は福山へ行って釣友達の木下夕爾君と釣をして来たが、そのとき木下君が蛇円山を指差して、あの山は晩年のセザンヌの描いた山に似ていると云った。このごろ都会の洋画家が蛇円山を写生に来るのはそのためだそうだ。以前、私はこの備南の主峰に一度は登ってみたいと思っていた。今でもそう思っている。主峰の頂から附近の群峰を見たいのだ。飛行機から見たのではつまらない。地に立って見なくてはつまらない。

　相方城趾は新市町の南にあたる山の上に所在する。典型的な山城である。その城門の一つが新市の天王様の裏門として復元されている。桃山時代以後の城門と違って構造が素朴だが、昔の山城の城門がそのまま今日まで残っているのは珍しいことではないだろうか。新市町の人は意識的にこの記念物を保存すべきではなかろうか。天王様の神楽殿に奉納されていた絵馬なども、今では目ぼしいものはあらかた影をひそめてしまった。

　馬乗観音は深安郡山野村（今日の加茂町山野）の山上に所在する。どんな構造の堂塔か知らないが、私が子供のときには春の花の季節になると遠近の人が観音様に詣っていた。遠方からお詣に来る人は、男なら股引をはいて裾端折りをして、ハイカラのものはスッチョ帽子（ハンチングに似た帽子）をかぶって瓢簞を肩につるしていた。女も裾端折りをして赤い湯巻を見せ、手拭を姐さんかぶりにしているのが多かった。そんなのが三々五々、私の生れ在所の往還を通って行く。私たちはそれを他所ものと侮って、猥雑な歌をうたって囃し立てた。「観音詣が屁をこいた、なんぼうこいた、十こいた、合せて三十三こいた」という歌詞で、これを繰返して歌い囃していた。

私は子供ごころに、しかし、屁を十こいて合せて三十三とは、算術の上で辻褄の合わないのが解せなかった。偶数を合せて奇数になるのも不思議であった。だが、既存の歌詞というものは、子供にとっては動かすことの出来ない確固たるものである。これについて私たちは子供同志、あるときこんなように詮索してみたことがある。たぶん三人づれの観音詣が屁をこいて、そのうちの二人は十こいて、一人は十三こいたうち三つは音のしないのをこいたのだろう。音のしないやつは、私たちの在所ではスカ屁と云っていた。今ではそんな言葉は湮滅《いんめつ》しているかもわからない。

小畠代官所趾には私も一度行ったことがあるが、その附近の武家屋敷の内部はまだ見ていない。外部から見ると小壁が多く、内側は部屋が小づくりに出来ているような趣である。この代官所は九州中津藩の飛領地の支配をあずかっていたそうで、土蔵のなかに慶長年間から幕末までの御用留帳や書類が山と積みあげられていた。私はそのうちの寛政十年度と十一年度の書類を、布呂敷にいっぱい包んで借りて来てノートに取った。後で聞くと、土蔵にいっぱいあった書類は紙屑として広島の経師屋に売払ったそうだ。惜しいことをしたものである。

因ノ島

私は広島県の田舎に疎開中、因ノ島の中田医師の招待でこの島へ魚釣に行った。かねがね行ってみたいと思っていた島である。瀬戸内には不思議に周囲七里の島がたくさんある。因ノ島も周囲七里である。

中田医師は今年六十五歳だが、足腰も達者で目もよく見えるし耳も遠くない。最近、この老人のお孫さんが、私の従弟の嫁さんになったので、その結婚式で私たちは知りあいになった。そのとき、私が魚釣に趣味を持つなどと云ったので、爾来、しきりに釣案内を受けていた。その案内状は、私と釣技を競わないでは止まないといった感じのもので、手紙が回を重ねるごとに、その感じが濃くなって行くのがわかるのであった。

私の疎開していた家から因ノ島へ行くには、バスで福山市へ出て、汽車で尾道市まで行き、そこから汽船に乗る。順調に運んでも五時間はかかる。

私は朝の一番バスで出発した。順調に行けなかったので、夕方ちかくなって中田医院に着くことができた。ちょうど中田さんの応接間には、この島の警察署長が来て用談中であった。明日、モーター船を一艘、ぜひとも貸してもらいたいと中田老人に頼んでいた。しかし署長は、モーター船入用の目的については言葉をにごし、ただ入用だとばかり云っていた。話の様子では、この島にはモーター船は一艘しかない風である。

「あんたが、もし釣においでになるんでしたら、御一緒においでなさい」と中田老人は署長に云った。「私の方では、わざわざこうして、お客さんを招いたところです。せっかく招いて、待って下さいとは云いかねますでな」

「しかし、明日、ほんの一日だけです。むろん、モーター用の石油も自分で持って参ります」と署長が云った。「自分の方では、必ずしも舟遊びのためじゃないのでして、入用の目的は、後日、いずれわかって頂けると思います」

「お言葉ではありますが、私は魚釣に行くときには、配給の油は絶対に使いません。近所の小島のものが、ランプ用の油を節約して、私へ進物にくれたのを使っております。舟遊びのときと、往診のときのモーター用の油は、ちゃんと区別しております。島々の漁人野叟、みなこれを知らないものはない筈です。しかも、本日の御来客は、千里を遠しとせずしてお見えになったものでしてな」

　老人はそういう高飛車な法螺《ほら》をふいた。

　私は明日は釣を遠慮してもいいと云おうとしかけたが、署長が私より先に云った。

「では、まことに申しかねますが、明日、自分に便乗させて頂けないでしょうか。その代り、モーター船の腕っこきの運転手を連れて参ります。そう致しますと、老先生は釣一式で、運転なさる手数をお省きになれましょう。そういうところで、一つ、いかがで御座いましょう」

「おう、そりゃ面白い。それはよいところへ、お気づきですな」

　そこで老人と署長は、お互に不自然と思われる声で高笑いした。後は、殆ど事務的な対談で明日出発の時刻を打ちあわせた。夜明け前に出発の約束で、すこしは雨が降っても風波が高くても、必ず出発ということであった。

　署長が帰ってから、私は家族のひとりひとりに紹介され、それから二階の座敷に案内された。私が浴衣にきかえてくつろぐと、中田老人は「ところで、いまのお芝居ですが」という前置きで云った。

「あの署長さん、明日は闇船をつかまえるつもりです。きっと、よその署から電話をかけて来たのですな。それを明らさまに云えないので、苦労の汗をかいておった。私がそれを知っておることは、先方でも知っておって、それでも知らぬ顔をしておる。警察官たるものは、まさにかくあるべきですな」

　明日の釣は止した方がいいように思われた。

「では、明日は船を、署長に一さい提供した方がよかありませんか。いっしょに行ったって、海の上を走りまわるだけのことでしょう」

「いや、海賊船をつかまえるのですぞ。スリルというのを味わえます。そう云っては語弊がありますが、闇船の逮捕に民間人が協力する、というわけでありますな。むろん私ども、結局はスリルというのを満喫させられますな」

　私はもう異論を出さないことにした。

　老人は魚拓をどっさり出して見せた。この島の附近の釣場や網代について話したが、あまりにもそれが詳しすぎて私は退屈した。要するに、この島のぐるりの海は瀬が速いので、とうてい手押し櫓《ろ》の船では素人の私たちの手に合うものでない。モーター船に限るという。私たちの乗って出るモーター船は、近所の島々の病人を往診するために中田医院に常備され、これまでに老人は二台もモーター船を乗りつぶしているそうだ。

　私は風呂を浴び、夕食をすませると、明日の早起きがあるために寝床にはいった。

翌朝、まだ暗いうちに老人と私は懐中電燈で道を照らしながら、看護婦に送られて桟橋に出た。もう署長が来て待っていた。署長は官服をきて白いズックの靴をはき、その連れの男は青い長袖のシャツをきて白い水泳帽をかぶっていた。署長と殆ど同年ぐらいに見える四十歳前後の、頑丈な、しかし背の低い男であった。

その青シャツの男は中田老人に「御苦労さんです」と挨拶して、私には名刺をくれ、「便乗させて頂きます。どうぞよろしく」と挨拶した。名刺の肩書は、桟橋の青い灯で見ると、因ノ島警察署の刑事となっていた。そこへ中田老人の後つぎの奥さんが、弁当や水筒や果物などを入れた竹籠を運んで来て、桟橋につけてあるモーター船に入れた。

「今日は、朝ぐもりに夜が明けるでしょうな。絶好の釣日和です」

老人は誰にともつかずそう云って船に乗りこんだ。私はその後につづいた。船室は暗かったが手さぐりで見ると、木製の腰掛を取りつけて座蒲団を敷いてあるのがわかった。

暗がりに直ぐ目が慣れた。署長は船室を通りぬけ、舳先《へさき》の方に出て行った。青シャツの刑事は操縦室にはいった。船が桟橋を離れると、微かな明りが桟橋だけを闇にぼんやり浮き出させ、そこに残っている看護婦たちが船を見送っているのが見えた。すこし沖に出て行ってから、人家の窓あかりがそこかしこに見えるようになった。

船はまっ直ぐに南に向けて進んでいたが、思いついたように針路を変え、島の南の端の岬を目標に進んでいるように思われた。その岬や岡の輪郭が星あかりで見えていた。中田老人は窓に凭《よ》りかかって眠っていた。私はモーターの音が耳について、眠ることも出来ないので窓の外に目を向けていた。

船が岬のたもとに近づくと、モーターの音が低くなった。署長が船室にはいって来て、中田老人をゆり起した。

「老先生、おやすみですか。そろそろ捕物が始まりそうです」

「いや、私は眠ってはおりませぬ」老人は眠そうな声で云った。「そうですとも、海に出たからは、もう秘密になさる必要はありますまい。相手は小船ですか。官民協力しますかな」

「御老体は、この船室からお出にならないようにお願いします。大きな声がしても、大きな音がしても、野暮なもんだなと思う程度にお願いします」

署長がこんなに冷静に見える云いまわしをするのは、むしろ興奮しているためだろうと私は解釈した。

モーターの音がとまると、船は潮に流されて石崖の根に寄って行った。青シャツの刑事は水竿の先で石崖の隙間を捜しあて、さっと支えて船の流れるのを防ぎとめた。この岬のたもとの石崖の根にかくれていて、相手の船が姿を現わしたら、一気に突進しようというのである。風がなくて凪いでいた。

「一ぱい、いかがです、元気づけに」と老人が署長に云った。「水筒に入れてあります。一郎さんのところの吟醸です。密封した甕《かめ》のを、昨晩、わけてもらったのですが、なかなかです」

「足が、ふらつきますから」

署長はそう云って、帽子の顎紐をしめなおして船室を出て行った。石崖の上の漁師屋から、柱時計の鳴るのがきこえて来た。四時を打った。その隣の漁師屋でも四時を打った。私は固唾をのんでいる自分に気がついた。老人は船室の硝子窓を全部あけ放った。

いきなりモーターが音をたてはじめ、船が進み出て行った。青シャツの刑事はメガホンを片手に持ち、片手でハンドルを扱っていた。署長の姿は操縦室のかげにかくれて見えないが、可なり光の強い懐中電燈を振りまわしていた。その光の漸く届いている圏内に、帆掛船の横腹が見え、帆が見えたり船尾の舵が見えたりした。私たちの船は、一艘の帆掛船の進んで行くまわりを急速度で走りまわっていた。威嚇行進といったようなものらしい。

署長がメガホンで「おういこらあ、その船、おも舵とれえ。おういその船、おも舵とれえ」と怒鳴りつけている声がした。帆掛船の船ばたに、半袖の白シャツをきた男が、署長の懐中電燈の光を浴びて現われた。その男は「違う、違う」というように手を振って見せ、船尾の方へ駈けて行った。その姿を懐中電燈の光が追って行き、その男が舵取の男に向って何か告げているような状景を写し出した。

私たちの船は速度を落して帆掛船と並行に進んでいた。舵取の男が直ぐに帆綱に手をかけると、継《つぎ》だらけの帆の向きがゆるゆると変って行き、片帆になったところで船体が右にまわった。正面は砂浜である。

「おうい、まっすぐに行けえ。その船、まっすぐに行けえ」

とメガホンの声で命令があった。いつの間にか、私たちの船では青シャツの刑事がロープを帆掛船の舳先に投げかけて、そのロープの端を捉まえていた。私たちの船は、親船に曳《ひ》かれて行く伝馬船のようなもので、もうエンジンはとめてあった。静かになったので、帆掛船の舵取と白シャツの男が、何か話をしているのがきこえていた。内容は不明だが、無駄ばなしでもしているように、呑気そうな話声であった。

「おういその船、帆をおろせえ。とまれえ、とまれえ」

メガホンで呼ぶ声が島に木霊《こだま》した。帆をおろす万力の音も木霊した。碇を投げこむ音で私はびっくりさせられた。帆掛船の舳先にある「第二やなぎ丸」という文字を、私は夜明けの明るみで読みとることが出来た。さほど大きくない古ぼけた帆掛船である。その船と私たちの船は一本のロープで舫《もや》いして、そのために、私と老人の窺《のぞ》いている窓は帆掛船の胴腹で塞がれた。私と老人は船尾に出た。

署長は「この船の荷主は、誰か。責任者、ちょっとここへ顔を出せ」と云って、白シャツの男を船ばたに呼び出した。

署長と白シャツの男の間に、訊問と応答が始まった。白シャツの男は船ばたに坐りこみ、署長はモーター船の舳先に立っていた。それで二人の顔の位置の高低が平均した。青シャツの刑事が手帳にメモをとった。

「この船の、船籍はどこだね」

「山口県柳井町郊外の万里村であります。持主は雲川商会であります」

「荷主は誰だね」

「雲川商会支店であります。山口県大島郡の、大島旧港に今度設立された支店であります」

「君は、荷主かね」

「いいや、自分は、この第二やなぎ丸の船員であります。この船の船頭の孫養子であります。マレー軍にいた復員者であります」

「船頭は、どこにいるかね」

「いまさっきから、胴の間で、積荷の袋の破れたのを繕うております。今年六十二で、好人物であります」

「乗員は、ほかに何人いるかね」

「二人だけであります」

「積荷の種類は、何と何だね」

「イリコであります。千二百五十袋あります。全部、イリコであります」

「つまり、大島名産のニボシだね。これが、統制品だということを知っておるだろう。投錨目的地は、どこだ」

「因ノ島の一ばん南の、とっさきの地蔵岬から一浬の沖で待っておれ。そういう註文を受けて来たのであります。誰かが、船でイリコを受取りに来ると思うて、あの辺をぐるぐるまわっておりました。はじめ、モーター船を、イリコの受取人の船かと思うておりました。自分らは、誰がこの船のイリコを受取って行ってもよいのであります。確かな受取証さえ書いてもらえたら……」

署長は一と先ず訊問を打ちきると、応急の対策について中田老人の意向をうかがった。このモーター船で、帆掛船の船頭たちを本署まで連れて行きたいので、私たちには帆掛船に乗り移って暫時のあいだ魚釣でもしていてくれないかと云った。

「それも結構ですな」と老人が云った。「しかし、このモーター船が本署へ行って来るまでに、ニボシの受取人が船を漕いで来たらどうしましょうか。私には抵抗力がありますまい」

「その点、御心配いりません」と署長が云った。「積荷の見張番には、この青シャツの運転手君を帆掛船に残して置きます。私は自分で運転して行って参ります。ごゆっくり、お釣りになっておって下さい」

中田老人は私を促して帆掛船に乗り移った。船ばたの囲板に両手をかけ、署長にお尻を押しあげてもらいながら、舫いのロープを足場代りに踏んで乗り移った。私もそれを真似た。青シャツの刑事は「そうだ、大事な物を忘れておられます」と、船室から弁当や果物など運んでくれた。釣糸の枠や籠や餌箱なども持って来てくれた。

東の空が朱色に見えた。青シャツの刑事は帆掛船に乗り移ると、胴の間から一人の老船頭を連れ出して来て、モーター船の署長に報告した。

「乗員を連れて来ました。積荷は、確かにイリコの袋であります。何千袋あるかちょっと見当がつかんのですが、船の底はイリコの匂で、むんむんしております」

「よろしい」

署長は、年とった船頭とその孫養子という舟子を、モーター船に乗り移らせた。年寄の船頭は禿げ頭に鉢巻をして、刺子の股引をはき、縞のシャツを細帯でとめて肌ぬぎになっていた。孫養子の方は、払いさげの軍袴《ぐんこ》をはいていた。二人とも浮かぬ顔をしていたが、さほどの事件とも思わぬ風で、せきたてられないでもおとなしくモーター船の船室にはいって行った。青シャツの刑事はロープを解いた。

「では、後ほどまた」署長は中田老人にお辞儀をして、青シャツの刑事には「見張に気をつけてくれ」と云い残し、モーター船の操縦室にはいった。

私と青シャツの刑事は、モーター船が岩鼻のかげにかくれるまで見送っていた。中田老人は船尾の坐り工合のいい場所に胡坐《あぐら》をかき、コヅキで釣りはじめていた。この辺りでは黒鯛や、セイゴ、ベラなどが釣れるそうだ。私は舳先に近い船ばたから釣糸を垂らした。青シャツの刑事は、暫く私の釣る手もとを見ていたが、次に、中田老人の釣っているのを覗きに行って引返して来た。彼は欠伸《あくび》などはしなかったが、もう退屈しはじめていることが私にもわかった。

「さっきの船頭は、弁当を持ってくのを忘れましたね」私は釣をつづけながら刑事に云った。「船尾のところに、炊きたての御飯がお釜にはいってるじゃありませんか。僕はお釜の蓋をとってみましたが、あれは芝えびの釜めしですね。あの船頭が、今日じゅうに帰らないとすると、腐ってしまいますね」

「いやあ、彼らは豪勢なものです。だから図に乗って、滅茶苦茶です。腐ったって、平気な顔でしょう」と刑事は不機嫌そうに云った。「第一、彼らは無燈火で航海しておったくせに、船の上で御飯を炊いております。取締りを屁とも思うておらんのです」

「常習犯でしょうか」

「いやあ、我々を屁とも思うておらんのです。いろいろ統制の規則というのが戦時中に設けられたものですからして、統制の規則を軽蔑しとるんです。ですから自分は思うのですが、敗戦後の統制の規則を、統制という文字でなくて、別なのを使ったらどうかと思うております」

「では、戦時中から云われてた自粛という言葉なんかも、権威がないわけですね」

「いやあ、自粛は道徳的なことですから、別にまた、言葉の響きかたが……」ふと刑事は口をつぐんだが「ヤッ、賭博船かな」と云って、ズボンの隠しから双眼鏡をとり出した。見ると一艘の船が、直ぐ向うの弓削《ゆげ》島という緑色の島の近くに浮かんでいた。

刑事は双眼鏡の度を調節しながら「いやあ、違いました」と云った。最近この附近の海上に、釣船と見せて船のなかで博打をうつものがいるそうだ。刑事は「その手合が相当に出没します」と云った。

太陽が弓削島の山の上に現われてから、私たちは弁当をあけて朝飯をたべた。はじめ中田老人の提案では、早いところセイゴを五、六枚あげて、船頭の焜炉《こんろ》を借りて塩焼きにして食べようというのであった。しかし私たちは、船頭の焜炉を無断で使う必要がなかった。朝飯までの釣の成績は、老人のベラ二枚に対して私は黒鯛一枚であった。

潮順は十時頃が絶頂で、お昼ごろまでは可なりよく釣れた。青シャツの刑事が「きっと、こっそり撒餌をされたんでしょう。それにしても、好調ですなあ」と驚くほど釣れた。

ニボシを受取りに来る船は姿を見せなかった。夕方ちかくなってから、署長がモーター船でひとり引返して来た。はじめ船頭たちを乗せて本署に連れて行く途中、溺死体が流れていたのを見つけたので、それを収容していて手間どったという。

「さっきの、若い方の船頭が、献身的に手伝ってくれました」幾分か興奮しているように、署長が中田老人に云った。「溺死体が身ごもっておる若い女でして、それが赤いドレスをきておるのです。若い方の船頭がシャツを脱ぎまして、それを溺死体にかぶせて、シャツで包むようにしてから抱きあげてくれました。検屍は、老先生がおいでにならないので、隣村の村医にお願いしました。老先生に、その点を御了解ねがいます」

「そりゃ結構です。私は、島流しに遭っておったも同じことなんで、了解するしないは問題ないですな。しかばねをモーター船に乗せたんでしょうな」

「乗せました」と署長が云った。「それも御了解ねがいます。しかし、死体を置いた場所は水で洗って、よく消毒しておきました。いろんなことで遅くなりました」

中田老人は青シャツの刑事に手伝ってもらって、船頭のお釜のなかの御飯で握りめしをつくった。これは本署へ収容された船頭たちに届けてやるためである。「事件が混み入っているようですから、二人の取調べには日数がかかりましょう」と署長は云っていた。

中田老人は、お釜のそばにころがっていた煙草とマッチを持って来た。署長が「火器の携帯は禁じてあります」と云ったので、老人はもとのところに持って行った。

青シャツの刑事は見張役として、ひとり帆掛船の上に残されることになった。食物はパンと罐詰類に水筒を添えて署長が持って来ていたが、老人は弁当の夕食の分と水筒を刑事のために残して来た。

帰りの船は、中田老人が自ら買って出て操縦した。船が動きだすと、署長は船室にはいって来て、いきなり私に「因ノ島にも、やはり島の情緒というものがあります。あくどい情緒というのでもないですが、島らしい情緒です」と云った。彼は操縦室にはいって行くと、何ごとか中田老人に暫く耳うちをして引返して来た。

「いま、老先生にも御了解を得て来ましたが、いかがでしょう、おつきあい下さいませんですか」と署長は云った。「今夕は、一つ自分たちの島の、港町の情緒を味わって頂けませんですか。さっき云ったような、島の情緒です」

私は意外な気持で「情緒を味わうというのは、酒を飲むことですか」と問い返した。

署長は屈託なさそうに大笑いして、

「では、御案内しましょう。酒がなくて情緒を味わうなんていうのは、二十代の青年のことでしょう。あなたがたのお年では、酒、すなわち情緒と規定している人が多いですね。情緒、すなわち酒。簡単なようで、星霜を経ている言葉ですね」

署長は、島の波止場の方を指差して「あそこの入口に、溺死体が浮いていました」と云った。船はその波止場の先をかすめて港にはいって行き、戦争中の空襲で赤腹を見せている廃船を迂回して桟橋に着いた。中田老人の村の桟橋と違って規模が大きく出来ている。この桟橋の附根のところに休業中の工場の建物が見え、その背後にも左右にも、ごちゃごちゃと家並がつづいていた。土生《はぶ》という港町である。

「さあ、着きました。御案内します」

署長は私に下船を促した。中田老人は「今日は、ゆっくり御馳走になって、疲れを休めてから、明日の朝、私のうちに戻っておいで下さい。私は直航して帰ります。魚が腐りますからな。では、ごゆっくり」と云った。それで私は、貴方まかせの気になって桟橋にあがった。

署長は制服のままで、「きよし」という店看板の家に私を連れて行った。前もって電話で交渉してあったのに違いない。署長は私を二階座敷に残して出て行くと、その家の女中がお茶を持って来た。それから湯あがりを持って来て「お風呂に御案内いたします」と云った。風呂場に行くと「お加減はいかがです」と外から声をかけてくれた。すこし鄭重《ていちょう》すぎるようで、ちょっと薄気味わるいような気持になって来た。これも中田老人の声望の余波かもしれないと思うことにして、そう思うことで私は薄気味わるさを打ち消そうと思った。風呂場の窓から内庭の棕櫚竹《しゅろちく》の植込が見え、その根元のところに陶製の大きな布袋様の像が立っていた。

風呂から出ると、まだ署長は帰っていなかったが、女中が二階座敷に料理の皿小鉢を運んで来た。ほかにまだ三人の女中らしい女が酒を持って来て、その一人は「にいさん、いかが。お酌しましょう」と云った。もう一人は、にいさんと云わないで「こちら、いかが」と云った。もう一人の黄色い着物をきた女は、私の飲みほした盃に無言のまま酒をついだ。

「まあどうでもいいや、飲むときめよう。どうせ来月からは、料理屋は店を閉じる規則だからね」

私は明らさまにそう云って、ゆっくり飲むことにした。そこへ署長がやって来た。

「どうも失礼しました。ちょっと、急ぎの用事がありましたので。さあ、お酌させて下さい。いや、その前に上着をぬがなくては」

署長は上着をぬいで、私に酌をしてくれた。私はこれで落着けると思った。ところが、署長はまだ幾らも飲まないのに「儂《わし》は木曽節を踊る。女史たちは、音楽をやってくれ。しっかり頼むぞ」と声を励まして云った。まだ音楽の支度が出来ないのに、いわゆる女史たちに木曽節を合唱させ、署長自身も歌いながら手を振り、足を前後に動かして踊りだした。もうどこかで飲んで来ているのではないかと思われた。その踊と合唱の半ばごろ、漸く音楽の支度が出来てにぎやかになった。

「なんという気楽な署長だろう。これで分別ざかりの年だから、妙なものだ」

私はそう思った。この狭い町では、声をきくだけでも署長が騒いでいると気のつく人がいるにちがいない。しかし、まるでやけくそのように彼は大声で騒ぎたてた。そこへ階下からおかみさんが来て「署長さん、ちょっと御面会の人です」と云った。署長はあっさりと踊をやめ、「そうか、いますぐ行く」と云って「では、二十分ばかり失礼します」と私に断わって階下におりて行った。「二十分ばかり」と前もってきめるのは妙なものだ。しかし二十分ばかりたつと果して引返して来た。

「さあ、女史諸君、お客さんにお酌だ、お酌だ。儂は、飲みかつ踊る。酒は口より入り、恋は目より入る。今度は、出雲節の踊だ」

署長は一枚の座蒲団を手に持つと、剽軽《ひょうきん》な身振り手振りでその座蒲団を振り動かしながら、にぎやかな囃につれて前後左右に動きまわって見せた。ときどき彼自身も、奇声でもって掛声をかけた。そこへ、また面会人があると、おかみさんが知らせて来た。

「実は、消防の寄附金の問題です。ちょっと席を外させて頂きます」

署長はそう云って、女史たちには、

「どしどしお酌をしてくれ。みんな陽気に騒がぬから、お客さんが黙っておられるんだ。ぱっと騒げ、ぱっと。酒は口より入り、恋は目より入る。音楽が大事だ」

と云い残して部屋を出て行った。

女史たちは音楽の合奏をしながら合唱した。女中も声をあわせて歌いだした。おかみさんも湯あがりの化粧で口紅なんかをつけて来て、このにぎやかな会合に加わった。私はもうこの馬鹿騒ぎの首謀者であると自認するほど酔っていた。なかなか面白いではないかと思っていた。ところが、この騒ぎが一段落をつげて、暫くたつと異様な叫び声がした。同時に「ミツムラ、動くな」という鋭い声がきこえた。女史たちは、いつの間にか棒立ちになっていた。おかみさんは窓のところに忍び足で近づいて、黒いカーテンの隙間から外を覘《うかが》った。

「なんだろう、喧嘩かね」私は独りで囁いたが、誰も返事をするものはいなかった。おかみさんは手真似で、電気を消すように女中に合図した。

部屋が暗くなると、私は窓のところに行って見た。狭い路地を隔てて二階屋が並んでいる。棟割長屋のように見えた。窓の正面の家は、表の雨戸を閉じていたが、その家の二階の障子は薄明るく見え、廊下に木の箱を乱雑に積み重ねてあるのがわかった。

「どの家かね」と私が囁くと、おかみさんがその正面の家の二階を指差した。その左隣の家も右隣の家も、みんな雨戸をしめていた。

「なんだろう、インチキ博打だろうか。仲間喧嘩か」

おかみさんは、静かにしろと云うように手を振って、もすこし姿をかくせと云うようにまた手を振った。軒燈の明るみがあるので、姿を露出させては拙かった。

「怖いわ」と女史の一人が囁いて、彼女は窓のそばを離れ、忍び足で部屋から出て行った。もう一人の女史も「あたい、かかりあいになると、大変やわ。おかあはん、あたい、帰らしてもらいます」と囁いて、おかみさんのそばを離れて行った。もう一人の女史も「あんじょう、帰らしてもらいますわ。ね、おかあはん」と囁いた。彼女は一つ二つ身ぶるいして、抜きあし差しあしで畳の上を歩いて廊下に出て行った。

正面の家の二階の薄ら明りには何の変化もなかった。事件は、その裏隣の部屋かどこかで起っていたに違いない。たしかにその見当で、はっきりと「何だ、きたないぞ」と叫ぶ声がした。暫くすると、その家の潜戸があいて、なかから腕組をした男が現われた。それにつづいて、ふところ手をした男が二人現われた。この三人が、すこしずつの間隔をおいて縄でつなぎ合わされているのがわかった。その縄の最後の端を、一人の私服がにぎっていた。この一組四人のうしろから、また四人つながった一組が現われて、そのうしろからまた同じような一組が現われた。最後に一人だけ出て来たのは、さっきまで鰌《どじょう》すくいを踊っていた署長であった。彼は外から潜戸をしめ、前後左右をゆっくり見まわした後、左手の甲を口にあてたまま歩きだした。先発の一組四人ずつの人たちが、ちょうど街角を曲って行くところであった。

女中が電気をつけた。部屋のなかは、先ず座蒲団からして乱雑に散らかって、円卓の上は皿小鉢が散らかり放題になって、いかにも興ざめの感を催させられる光景である。署長の脱ぎすてて行った筈の上着は見つからなかった。

「お客さん、御飯を召しあがりますか」

おかみさんの顔は青ざめていた。

「もう、たくさん。酒もさめた。僕の顔、青ざめているだろうね」

おかみさんは頷いた。

「そうか、青いか。君の顔も青いから、あの連中のなかに、君の知ってる人がいたのかと思ったよ。署長さんは、さっき手の甲をなめてたね。引っ掻かれたんだろう」

おかみさんは黙って私の盃に酒をついだ。

「さっきのような、この一座の馬鹿さわぎは、その道では何と云うんだろうね。犯人に油断させるために、はたで大騒ぎをさせる。僕らのことを、囮《おとり》と云うのかね」

「まさか、お客さんそんなこと、囮だなんて、捕物ですもの、真剣ですわ。もっとも

っと、御当人にしてみると……」おかみさんは、言葉を切って「それにしても、いろいろと人間は、何ですわねえ。ともかく、何ですわ」と云いながらお銚子をとりあげ

て、私の盃に酒をつぎたした。しみじみと云って、静かにつぐのである。私は「酒、すなわち情緒」と口のなかで云って一気に盃を干した。次に「もう寝ます」と云って隣の部屋に立って行った。「なかなか今日は、それにしても何ですわ、ともかく何ですわ」私は口のなかで、そういう独りごとを云いながら蚊帳《かや》のなかにはいった。

　翌朝、顔を洗っていると「さっきから、二度も署長さんから、お電話がありました」と女中が云った。座敷に引返して朝飯をたべ終ると、署長が「お早う御座います」と言葉をかけてはいって来た。

　署長は、果して左手の甲に赤ヨジュウムを塗り、さらに絆創膏を貼りつけていた。私たちは差向いで番茶を飲みながら、昨晩のことには何も触れないで、打って変って真面目らしい態度で話しあった。どちらが云い出したともなく、足の裏の水虫に効く薬や、水虫になった経験をお互に述べあった。

　最後に、私は玄関まで見送って署長に云った。

「ときに署長さん、あなたは演出が大変お上手ですね」

「いや、昨晩の、あれは失礼しました。尤《もっと》も、あんな場合には、署から支出がある規則です。やましいことはありません。その点、御心配なく」

署長は遠まわしに云って玄関を出て行った。私は中田老人に、今回の釣はもう止して島を離れたいと電話をかけた。

II

疎開日記

七月十日（昭和二十年）

甲州から広島県に再疎開。妻子を連れ八日午後一時、日下部《くさかべ》駅発、中央線経由にて名古屋より京都に至り、大阪空襲中の故をもって山陰線を選び、万能倉《まなぐら》駅に下車、午後十時生家に着く。道中、上諏訪と大津でも警報。山陰線に至り空腹しきりなるものであった。鳥取駅ではプラットフォームに野宿。蚤《のみ》多く海風寒く不眠。子供たちは疲労のため熟睡。

八月九日

午前中、サンジョサマ裏手の矢竹を伐採。午後、次男の国語復習を見てから昼寝。三時頃より深山口谷へ鮠《はや》つりに出かけ四十尾つる。帰るとロシアと交戦状態にはいったとの報をきく。驚きひとしおなり。夜、山根太郎宅に行き煙草一箱配給の分をもらう。太郎の曰く、昨夜、福山の空襲で市街は東町を残し、あらかた焼失せりと。彼と共に昨夜裏山で見た火の手の工合では、もっともの話と思われる。万能倉、駅屋を襲ったと見えた爆弾による火の手は、森脇《もりわけ》であった由。最初、福山駅と大垰《おおたお》に弾が落ちて、次第に市街全体に落ち、最後に帝国染料会社に落ちた由。

八月十日

午前中、米搗《つ》きの手伝いをして、小米は薬研《やげん》で粉にする。台所東側の窓に燈火管制の黒いカーテンをつるすため針金を張る。うまく張ることができた。

昨夜一時半ごろ聞えた投弾の地響きは、尼ケ崎であったとの噂だが確たることはわからない。比奈子が学校できいて来た話では、一分間に十発ずつの割合で一時間投弾が続いたとのこと。

一昨夜、山上から見た福山炎上の遠望図、記憶をたどりて記せば次のごとし。（図は略す）業火とはこのことだろう。近所の人々、後より続々と来て合流、共に下山せり。

八月十一日

昨夕、裏の崖に梯子をかけ、崖にはびこる藤蔓をきりとる。夜ふけて爆音きこえた。

今日は昼食前にサンジョサマの前で木の枝を片づけた。しかし十日や十五日では片づけきれない。夕方、爆音きこえる。

野菜三百匁、草履一足あて、福山市の罹災者へ寄附せよと命令、隣組通知にて来る。俵五十俵、農業会へ受取りに行くため人員を出せと隣組通知にて来る。牛車がなくては運べるものでない。毎日の警報で心に落ちつきがない。落ちつこうと思うのが無理である。ラジオをきいていても摑みどころがない。爆音がきこえても警報の鳴らないことがある。警報が鳴ってから間もなく同じような警報が鳴ることもある。防空壕を掘ろうという話が各戸の間に頻りにあるが、各戸とも労力資材の不足しているという名目で実行にうつったというものはない。倉の白壁を黒くしようという話が出て、下陣屋の福治さんが帝染製の染料を一袋持って来てくれたが壁を黒くぬる気持が起らない。気力がないわけではないが、何故かその気持が起らない。誰もまだ壁を黒くするものがないせいもある。

八月十二日

十一時ごろ警報。四十機、松山附近に来襲の由。気持が落ちつかないままに、つい庭を掃除してみた。

芦原部落に赤痢患者十五名が出た。妙永寺の裏に見えたという怪しの火は、螢の光であった由。今年はどういうものか八月になっても螢がたくさんいる。昨夜、村有林の方にあたって見えたという怪しの火は、落葉で灰をとるために燃していた火であった由。

八月十五日

正午からラジオの重大放送あり。陛下の御放送拝聴。ラジオの調子わるく不明なりしは残念なり。福治さんが駈けつけて来て「敗《ま》けたんですぞ」と知らせてくれた。マンデー屋の太郎さんは榊の木を伐りに拙宅裏山へ来ていたが、榊の束を「えい、つまらん」と云って棄てた。

（久しぶりに来信。巌谷大四、花房満三郎、小池旻氏等、五通。「そうだ、まだ郵便局もあったのだ」と認識をあらためた。但、小池君の甲府の生家は家倉ともに焼け、北巨摩《きたこま》の山寺に一部避難。奥さんは割合元気の由。巌谷君は半ば失職の由。花房君の手紙は直木賞の件で、礼状と共に銓衡《せんこう》慰労のためとてカワセ五十円封入してあった。それぞれ返書をしたためる。

午後二時ごろ、先刻のラジオは日本の無条件降伏を放送されたものであると義姉が常会できいて来たと報じたが、中田屋へ疎開中の老婆なども来訪中のところ、誰も信ずるものはいなかった。ところが午後五時ごろ、それが確かであることが判明した。非常に心細い心地であった。木蔭に立ち或は廊下に腰をかけ、また木蔭に立つ。

夜九時、マンデー屋に行きラジオをきく。鈴木内閣総辞職その他の報道あり。

八月十六日

昨夜、不眠のため頭痛。配給の紙巻煙草で巻煙草をつくりながらラジオをきく。

午前八時三十分ごろ、どういうものかほんの暫く警戒警報があった。

八月十七日

日づけを間違っているような気がする。新聞が何日も来ないのでよくわからない。

昼食後、芦原部落の安原へ子供さんが爆死したおくやみに出かけると、母屋は立ちぐされ、倉のなかに畳をしき荷物をならべてあったが誰もいない。空しく外に出て郵便局へカワセをとりに行き、疎開画家児玉英男君のところへ寄る。砂糖きび、にんにく、わけぎ、北海道産の豆を土産にもらう。夜、中井屋主人が来たので、配給の酒一合を廊下で冷やのまま飲む。中井屋主人は杯に一ぱいしか飲まなかったが「酔った」と云って「実は、ほとけ様を拝みに来たのですが、きょうは酔ったのでまた来ます」と云い残して帰って行った。

　児玉君宅からの帰りに、村境で出征兵士を見送る人の群に逢った。村長の演説中に「御存じのような世情になりましたので、万歳三唱はやめます。しかし三君とも召集令状が来ていたのですから御見送りします。随分とも御気をつけて……」という言葉があった。敗戦前に令状が来ていたそうだ。

疎開余話

マンデー屋

私は郷里の生家に疎開中、近所のマンデー屋という家の人たちから、いろいろ便宜な取計らいを受けた。このマンデー屋の主人の亡父は山根七郎といい、私の疎開して行く前年に七十五歳でなくなった。私は子供のとき、この人から大変に可愛がられた。

山根七郎は七十になっても頭の髪が黒かった。歯もそろっていた。それが肺炎でなくなった。病気中は毎日、伜の嫁にナカンデーの井戸水を汲んで来てくれと云いつけていた。ナカンデーとは私の生家の屋号である。しかしマンデー屋からナカンデーに行くには、可成り急勾配な坂をのぼらなくてはいけないので、嫁は二度ほどマンデー屋の井戸水を汲んで病人に与えた。二度とも病人は、これはナカンデーの井戸水ではないと見破って、二度とも火の出るように嫁を叱りつけた。普段、彼は勤勉で質素倹約していたが、飲む水だけには選り好みを云っていた。水に対する感覚も鋭敏であった。たまに私のうちの風呂にはいっても、それが井戸水か池の水かを云いあてることがあった。

この人は生前、道楽気というようなものは全くなかったが、或るとき私に鼠の絵を描いてくれと云った。私が学校を止した後、勤めも働らきもしないで下宿生活していたころのことである。私が金策のために帰省していたときのことである。そのころ山根七郎は、私の風態で或るときは私を画家志望のものだと思い、或るときは歯科医者志望のものだと思っていた。明らさまに私にそうだろうと云ったこともある。

鼠の年の生れだから、鼠の絵を神棚にまつりたい。それは彼自身の厄除けのためでもあり、一方また私の画の技倆が進むように祈るためでもある。そういう意味のことを彼は云った。しかし私が、もし画家志望ではないと打ちあけると、相手が尚おさら私の身を案じるおそれがあると思われたので、いずれ上京してから揮毫したいと引受けた。私は上京すると、奥村林暁という日本画家に事情を打ちあけた。奥村画伯は淡彩で上出来の鼠の絵を描いてくれたが、気をきかせて落款もしてなかった。それを私は郵便で送り届けた。

マンデー屋の現在の戸主は山根太郎という。この人は父親の七郎にそっくりの容貌で、父親ほどには行かないが人並み以上に勤勉である。細君が読み書き算術がうまいので、煙草や雑貨の店番を細君に引受けさせ、自分は三反あまりの田と一反半の畑をつくっている。

この家の牛は、幾度も種牛のところへ連れて行ったのに、どういうものか仔をはらまない。そのくせ非常に興奮して一晩じゅう吠えるように啼くことがある。夜なかに二度も木戸を突き破って外にとび出した。最初のときには朝になってから牛のいないことがわかった。きっと種牛のところへ逐電したのだろうと判断して、飼主は自転車で隣りの村の種牛屋へ駈けつけた。しかし来た形跡はないと云う。止むを得ず、そのまた隣りの村を自転車で捜しまわった後、もう駄目だと思って帰って来る途中、隣り部落の段々畑で柿の木につながれているのが見つかった。二度目には、夜なかに私のうちにやって来て、廊下に出してあった大根の切り干しを食いあらし、庭石の上に大きく脱糞してマンデー屋に帰っていた。

牛が大根の切り干しを食うと、ふやけたものを反芻するので咽につまって死ぬのである。私のうちでは事の重大さに驚いて、マンデー屋へ急を報じた。マンデー屋では、さっそく重曹をどっさり牛にのませたのでその命が助かった。しかし、いよいよ助かってみると、私のうちではマンデー屋へすこし義理が悪いような都合になる。お前のところの牛が、うちの切り干しを盗み食いしたと云ったわけである。些細なことを、しかも畜生のしたことを根にもって、談じ込んだと思われては心外である。無論、マンデー屋の方でも私のうちへ義理が悪い。主人の太郎さんが大根を笊に入れて持って来て、このたびは何とも不始末をして相すまぬと謝まった。しかし切り干しにした大根は、もともとマンデー屋からもらったもので、その上にまた弁償してもらうわけには行かないのである。私の方では受取らないことにした。

太郎さんは板鍬《いたぐわ》を納屋から出して来て、庭石の上のきたないものを掬いとって麦畑に埋めた。この麦畑は、庭のまんなかに棕櫚の木で囲いをして、私のつくりはじめたものであった。二坪の広さである。この畑を私が開いて以来というものは、町から物々交換に来る人たちが米麦を強請しなくなった。この家もこんなちっぽけな畑を庭のまんなかにつくっている。これではこの家でも米麦が乏しいのだ。そう信じて、素直に帰って行くようになったのだろう。

この麦畑の麦は非常に出来が悪かった。短い茎のさきに小さな穂が出来たが、たった一箇所だけ、二十本ばかり上出来のところがあった。それは太郎さんが牛の糞を埋めた箇所である。この麦畑の収穫が近づいた頃、太郎さんが来たとき私はこう云った。

「どうです。あれを御覧。あそこだけ、際立って麦の出来がいいじゃないかね」

すると太郎さんは顔を赤らめて「なるほど、麦というものは、肥欲なものですからなあ」と云った。

私は疎開中にヒタジン屋の主人の福治さんとも交際した。ヒタジン屋はマンデー屋のお隣りで、私のうちの裏手の山の登り口にある。

私は隣り村の芋原という部落で、藷蔓に花の咲いているのを見て来たので、それを福治さんに話した。福治さんは一言のもとに、ちっとも珍ずらしいことではないと云った。藷蔓を植えるとき逆さにすれば花が咲くと云うのである。それで念のために農業の参考書を調べると、藷蔓の花は旱魃《かんばつ》の年に土が乾きすぎると咲くのだと書いてあった。福治さんにその話をすると、本なんかにはろくなことは書いてないと云った。

ヒタジン屋の開墾山には、可成り優秀と見える古墳がある。いつか古代史研究の西村真次博士がわざわざ東京から見物に来て、しかし外観を見るだけで帰って行ったことがある。福治さんは私にその古墳を掘らないかと幾度も云った。古墳を掘ることは禁じられているが、開墾山のその古墳は、開墾畑と松林との境のところにある。ほんのすこし一尺か二尺、開墾畑をひろげると、古墳を掘りかえさなくてはいけないことになる。だから開墾するつもりで掘れば法に触れないと云う。しかし当人も、口でそう云ってみるだけのことで、まさか私が掘るとは思っていないのである。私と福治さんが無駄話をするとき話が途切れると、たいていこの古墳の話を持ち出せばお互に興が湧いて来るのであった。曲玉もあるだろうと云えば、いや無いだろうと福治さんが云う。ところが数日後にまた無駄話のとき、福治さんが曲玉もあるだろうと云えば、いや無いだろうと私が云う。何の益にもならない話だが、話していると興が出て来るから妙なものであった。

或るときヒタジン屋の分家の裏山から、見事な古鏡が掘り出された。ナカモト屋の隠居さんが畑の畦《あぜ》の笹根を掘っていると、鍬のさきが堅いものに触った。永年の経験で石でないことがわかったので、用心しながら土を掘り返して行くと、平たくて円型のものが現われた。隠居はそれを水で洗ったが、何やらわからない。隣組の会合に持って行き、一座の人の見解をたずねても確たる答えをする人がない。たぶん茶釜の蓋か、それとも蓋を置く台だろう。みんなの意見を綜合すると、大体そういった程度のところであった。ナカモト屋の隠居さんの、長男の一郎さんが、私のところに来てそういう話をした。その品物の一方はつるりとして、反対側には亀の模様の浮き出しになったところに紐を通すような穴がある。そして網代の塀に松の木を配し、水鳥が二羽とんでいる模様が浮き出しになっている。一郎さんがそう云った。室町時代の鏡である。この一とことで部落の雰囲気が豊かになったような気持がした。

この部落にも古い過去があったのは云うまでもない。しかし部落の歴史を文書に印刷したものは見たことがない。家ごとに系図のようなものはたいてい保存されているが、人間の動きについて書いた印刷物は見たことがない。それで私はナカモト屋の一郎さんに、各戸の古文書を持ち寄って部落の歴史を書いたらどうかと云って唆《そその》かした。コンニャク判で刷っても結構である。一郎さんは考慮してみたいと云っていた。

或るとき私は一郎さんと芋原へ行った。芋原は山のてっぺんにある小部落で景色がいい。ところが景色を見てまわっていると雨が降って来た。一郎さんはこの部落に何軒も親しい家を持っている。私たちは一軒の家に寄って雨宿りして、ついでに弁当をたべた。落ちついた感じの古めかしい家で、調度もみんな古めかしいものであった。感じのいい茶釜が目についた。私はその茶釜に愛着を感じていることに気がついた。その家の老人に、すまないがちょっと手に持たしてくれと申込んだ。はじめ一郎さんが、この老人に私を紹介して、これは粟根《あわね》のナカンデーの亡くなった主人の弟だと云ったとき、老人はナカンデーなら知っていると云っていた。私が茶釜を手にとってつくづく見ていると、老人はその茶釜が五十何年ぐらい前に一度ナカンデーに行って来たことがあると云った。しかし足の生えるブンブク茶釜ではない。老人の云うには、五十何年前ごろにはナカンデーの主人がよくこの家を訪ねていた。つまり私の祖父がよくこの家にやって来ていたが、そのナカンデーの主人はこの茶釜に目をつけて是非とも譲ってくれと云った。二度も三度もそう云ったので承知すると、マンデー屋のいまの主人の父親の七郎という人が茶釜を受取りに来て持って行った。ところが三日か四日たつと、マンデー屋がこの茶釜を背負って返しに来た。ナカンデーの竈《かまど》の大きさとこの茶釜の寸法がよく合わないので、ナカンデーの女衆がこれはどうも困ると云いだした。ナカンデーの主人は女衆に極力反対してこの茶釜を返すのを惜しがったが、女衆がどうしても返すと云ってきかないので返しに来た。マンデー屋がそういう口上を述べたそうである。

「もったいないことしたもんですね。しかし僕のおじいさんが、この茶釜に心酔したときくと、悪い気持ちはしないです。だが、惜しいことをしたものだ」

私はそういう感慨をもらしたが、ナカンデーのおじいさんのように是非とも譲ってくれというような失礼なことは云わなかった。——但し、私は東京に転入した後に、骨董の鑑定上手な青柳瑞穂君にこの話をした。青柳君は茶釜の形や色や肌や蓋などについて私にたずね、そりゃなかなかいいぞと膝を乗り出して好奇の目を光らせたものである。

いま、その茶釜は一郎さんの家にある。一郎さんの話では、芋原の老人夫婦は私たちが帰った後で、こんなことを話しあったそうである。あんなにナカンデーの人が茶釜に惚れこんだので、あの人に譲ってあげようではないか。あのぶんでは、いまに譲ってくれと云って来るかもしれぬ。いや、手紙でそう云って来るかもしれぬ。ともかく譲ってあげよう。そういう風に話しあっていたところ、中学校の先生をしている伜が反対した。そんなに讃める茶釜を手放してはいけないと反対したそうである。しかし一郎さんは私よりもまだそれ以上にその茶釜に心酔して、譲ってくれとは云わないが、貸してくれと頼んで貸りて来た。

一郎さんのうちでは、その茶釜の湯のたぎる音をきくために、わざわざ板の間に炉をきった。何ともいえない気持のいい音がするそうである。私が東京に転入してから、一郎さんが手紙でそう云ってよこした。

在所言葉

私の生れ在所は、備後加茂村大字粟根である。山陽線沿いの福山市から北の方角に当っている。近来は人の言葉づかいも幾らか標準語に近づいたが、私たちが子供のころには次のような言葉を使っていた。

ただし、これは中年のおかみさんの場合である。ローラーカナリヤのように、ゆっくりとリズミカルに喋る。

「お早うござりャんすでござりャんす。ゆんべは、うちの子供に結構なものを遣《つか》ァさりャんして下さりャんして、ほんまに有難うござりャんすでござりャんした。ひえェえ、どう致しャんして、どっちをどうと、こっちこそ、いつもお世話にばっかり預かりャんして、かッちけのうござりャんすでござりャんす。ほんにまた、せんだっては村田屋のそうれんで、新墓に供えてあった線香を、カラスがくやャてお宅の屋根にとまったそうでござりャんして、あぶにやァこってござりャんした。線香に火がついとったそうでござりゃんして、ほんまに藁屋根のこってござりゃんすけえなあ、あぶにやァこッてござりゃんした。カラスが、どうしてそねえなわるさをするんやら、畜生というても、どだい無茶ばァするもんでござりゃんすなあ。せェでもカラスは、線香を喰うんでござりゃんしょうか。ひえェえ、喰うもんでござりゃんすかなあ、せェならカラスは、無茶ばァする鳥でござりゃんすなあ」

　これを標準語で云うと次のような言葉になる。

「お早うございます。昨晩は、うちの子供に結構なものを下さいまして、ほんとに有難う存じます。いえ、どう致しまして、お互さまで、私どもこそ、いつもお世話になっていまして、忝《かたじけの》う存じます。それでまた、先日は村田屋の葬礼で、新しい墓に供えてあった線香を、カラスがくわえてお宅の屋根に飛んで来たそうで、あぶないことでございました。その線香には火がついていたということで、ほんとに藁屋根のことでもあり、あぶないことでございました。なぜカラスが、そんないたずらを致しますことやら、鳥類とは申しましても、お話にならない無茶ばかりするものでございますね。でも、カラスは線香を食べるのでございましょうか。おや、食べるんでございますか、では、カラスはひどいことする鳥でございますね」

　挨拶言葉というものは古式を踏襲するものである。だから私の在所では、江戸時代にもこんな風な言葉でリズミカルに挨拶していたのではないかと考える。しかし中年のおかみさんも、「ござりゃんすでござりゃんす」という言葉は、挨拶のとき以外には滅多に使わない。よほど改まったときでなくては使わない。私が子供のときには父親母親を呼ぶにも家庭によって違っていた。大体において、地主のうちの子は父親母親を「オットサン」「オッカサン」と云っていた。村会議員とか顔役のうちの子は「オトッツァン」「オカカン」と云い、自作農のうちの子は「オトウヤン」「オカアヤン」と云っていた。小作人のうちの子は「オトッツァ」「オカカ」と云っていた。子供の名前を呼ぶにも、階級によって敬称が違っていた。地主のうちの子供を呼ぶには「何々サン」と云い、顔役のうちの子供のときには「何々ツァン」と云っていた。その下位が「何々ヤン」その下位が「何々サ」であった。これは誰が命じるでもなく、合議したでもなく、それぞれに対してそんな風に呼び慣わされることになっていた。

現在では、たいていどのうちの子供も「何々サン」または「何々チャン」と呼ばれている。子供が父親母親を呼ぶときにも、大半は「オトウサン」「オカアサン」である。さすがに「パパ」「ママ」と呼ぶものは一人もないが、この変遷はラジオやトーキーの影響のほかに、敗戦の結果が大いに手伝っているだろう。田舎の地主なんか没落してしまった。

喧嘩言葉だけは昔のままに残っている。この前、私は郷里に帰ったとき、学校の子供が昔のままの言葉で喧嘩しているのを見た。「てめえ」というのを、「おどれ」と云っていた。「ひっぱたく」というのは、「胴づく」または「どやす」である。「たたく」は「てべす」である。「生意気いうな」は「横道ぬかせ」または「大ものこくな」である。

戦争中、私は甲州に疎開して、次に郷里に再疎開した。三年半ぶりに東京に帰ったが、私のところの末の子は田舎言葉をすっかり身につけて東京の言葉を忘れている。私達が転入で荻窪駅に下車するとき、この子は店屋がたくさん並んでいるのに驚いて、「マンデー屋が仰山ある」と云った。マンデー屋とは私の在所にたった一軒ある雑貨屋で、前土居屋という屋号である。店屋のことを、すべてマンデー屋というのだと心得ている。この子は転入後二箇月ばかりは田舎言葉を使っていた。家内が配給の買物に連れて行くと、行列している奥さんたちがわざとこの子に話しかけ、田舎言葉を使わせて笑っていた。他国の人には余程おかしな言葉にきこえるらしい。

かきつばた

広島の町が爆撃されて間もないころ、私は福山市近郊の知人のうちでカキツバタの花の狂い咲きを見た。たった一輪、紫色に咲いていた。折から停戦命令が出た直後、八月中旬すぎのことであった。

普通、この季節には、もうカキツバタは鮮緑色の長めな坊主頭の子房を結んでいる。それが遅まきの狂い咲きで、ほかのカキツバタの葉が群がっている場所から少し離れ、ぽつりと水面に出た剣状の葉から緑茎を抽《ぬ》き、陳《ひね》まがりの花をつけていた。はじめのうち、私は知人のうちの離れの二階からそれを見て、池の水面に紫色のお菓子の包み紙か何か浮かんでいるのだと思っていた。

福山市から広島市まで約四十里の距離である。広島が爆撃された当日のお昼ころ、私は福山の町に出かけて行き、この町もこれが見おさめだろうという感慨で街を歩きまわっていた。そこかしこの店で、軒下に古ぼけた家財道具を持ち出して、大安売りの札を出していた。箪笥、鏡台、ピンポン台、机、食器、鹿の角、熊の毛皮、そのほか種々雑多な古物が持ち出されていた。古畳を何枚も格子窓の外に立てかけて「このタタミ売ります、一枚三十銭」という正札をつけているのがあった。二た抱えもある伊万里焼の植木鉢に、びっしり植えてある背の高い棕櫚竹が「コノ棕櫚竹、鉢グルミノ売価、金八十銭也」の貼紙で売りに出されていた。小型の古びたオルガンが五円であった。薄桃色の花をつけた含羞草《おじぎそう》の植木鉢が十銭、物干竿が三本で十五銭、日本時代史全十四巻が十四円……。

「おい、まッさん。どうしたのか、おい素通りか」

と、私に呼びかける者がいた。

見ると、安原薬局の当主が白い縮帷子《ちぢみかたびら》のシャツをきて、手に金槌を持って店の入口に立っている。この人は私と同じ村の出身で、もう二十何年前からこの町に出て薬品一式の店を開いている。私が子供のときの遊び仲間の一人である。「まッさん」というのは、私の幼少年時代の呼び名である。

私は安原薬局の主人と立ち話をした。

「今日は、この町の最後の見おさめをしに来た」と私は云った。「敵機から撒いたビラに、この町を爆撃することも忘れていないと、書いてあったそうじゃないか。いつ、お宅は疎開するんかね」

「強制疎開の命令が出たから、いま片づけておるところだ。しかしなあ、まッさん、見てくれ。この通りだ、一朝一夕に片づくもんかね」

薬局主人は試しに板を一枚、金槌で土間の窓へ釘づけにして見せてくれた。強制疎開命令によると、爆風を防ぐためにこの通りにして、窓や戸口を板で塞ぐことになっているそうだ。

「愚痴を云うわけじゃないが、どこから片づけてよいか、見当がつかん。さっぱり仕事が手につかん」

薬局主人は愚痴をこぼした。人夫を頼もうにも、みんな、てんでんに引越騒ぎで来てくれる人がない。金物屋に行っても釘は品切れだと云っている。だから、床板をとめてある釘を抜いて間にあわしているそうだ。

店の柱時計が十二時を打つと、

「おい、まッさん。帽子に釣鉤がついているよ」

薬局主人はそう云って、私の帽子から釣鉤を取ってくれた。釣に行ったとき帽子に差したままで忘れていた鉤である。

私は薬局主人に「早く疎開した方がいいぞ。では、失敬」と云って、その足で駅前の小林旅館に寄った。

　この宿屋と私は三十年来の馴染である。学生のころから田舎に帰省するたびに、この宿屋を足だまりにして定宿にきめていた。間口は狭いが奥が深い造りになって、中庭の梅の古木の根元に伊部焼《いんべやき》の大きな水甕が据えてあった。この水甕は、私が学生のころからその場所に置き放しにされていた。高さ四尺で朱色に近い、ねっとりとした土肌の水甕で、陶印は篦《へら》で無造作に彫った縦横三本ずつの交叉線である。あるとき私はおかみさんに、この水甕を譲ってくれないかと頼んだが、水道の水がきれたとき入用かもしれないから譲れないと云って断わられた。妙なもので、断わられてみると自分が非常にそれを欲しがっていることがわかった。

　その次に行ったとき、また譲ってくれと云うと、先代のころからあそこに置いてあるのだから売らないと断わられた。その次に行ったとき、また頼むと、あの水甕は雨の降る日に大変きれいに見えるから売らないと断わられた。また頼んでみたが駄目であった。しかし小林旅館も強制疎開で立ち退くとすれば、もしかしたら手放さないでもないだろうという見込があった。

　やはり水甕は中庭の梅の木のそばにあった。

「あの水甕、僕の村に疎開させないか」私は、おかみさんに云った。「僕が保管しておいてあげようか。今日は、荷車を頼むついでがあるからね、ちょうど幸いだ」

「水甕なんか、疎開させなくっても結構ですよ」と、おかみさんが云った。「空襲なんか、あるもんですか。うちじゃあ、ただ疎開命令が出たから、人間だけ疎開するつもりです」

　おかみさんは客膳の支度で忙しそうであった。二階の部屋にも離れにも、何組もの客が相部屋で食事を待っている様子である。下りの汽車が、次の駅あたりから先が不通になったので、乗客が全部ここの福山駅で降ろされたそうである。

「列車不通の理由が、駅員にもわからんのです」と小林旅館の主人が云った。

　国民服をきたお客が二人、土間の上《あが》り框《かまち》に腰をかけ、最近の国鉄職員の怠慢が甚しいと不平を鳴らしていた。その一人が、「理由を発表しろと駅員に云っても、わからんと云うだけだ。乗客を不安に陥らすつもりかと、俺は駅員に反問してやった」と云った。

「この様子じゃあ、国鉄の廃頽に対して、みんなぶうぶう云うのが当り前だ」と他の一人が云った。

　私は小林旅館を出て、すぐ近くの平井歯科医院に寄った。ここの院長は中学時代に私と同級であった。控室に数人の患者が待っていたが、院長はテーブルに頬杖をついて来診患者の一人と話していた。

「やあ、まッさん」と院長は、私の方を振向いた。「とうとう強制疎開じゃ。どうも仕事が手につかんのじゃ。いったい、この福山の町は、どうなるんか」

「治療台なんか、疎開させないのか。敵機が撒いて行ったビラに、いまに空襲すると書いてあったそうじゃないか」

「それだよ、問題は。しかし、考えるだけでも、もうぐったりした。どうもいかん、逢魔《おうま》が時が押し寄せたようじゃ」

治療室にある三台の治療台に、三台とも患者が腰をかけていた。助手が二人、無言のまま治療していたが、平井院長はそれに尻を向けてテーブルに頬杖をついていた。つい数日前、この院長の一人息子が少年航空兵に志願して大陸に渡る途中、輸送船が爆沈して亡くなったので、尚さらがっかりしていたようである。

私は福山の町から帰りに、自転車を押して芦田川の川堤の道を歩いて来た。鉄橋のたもとのところに、土嚢で囲いをして高射砲が据えつけてあるが兵隊は一人もいない。砲身は西に向いていた。(後でわかったが、これは本当の鉄砲ではなくて鉄砲の形をした案山子《かかし》であったそうだ)

私は鉄橋の下の草原に降りて、西の方の空を気にしながら弁当を食べた。――兵隊が一人も番をしていない高射砲が西の空をねらっている。いまにも西の空から敵機が現われそうな不安があった。もし私が、その日の午前中に広島が爆撃を受けたと知っていたら、同時にまた原子爆弾の性能を知っていたら、西の空を別の意味で望見した筈である。福山から広島までは四十里だが、西の方に山がなければ原子雲というのが見えたかもわからない。広島から三十里離れた三原の町の人は、青天に突如として湧き出た不思議な恰好の雲を見たそうだ。江田島の海軍兵学校では校舎の北側の窓硝子が破れ、海岸の砂浜で体操していた学生たちが爆撃と同時にみんなひっくり返ったそうである。

私が広島の空襲を知ったのは、事後三十時間か四十時間たってからである。原子爆弾の被害を受けた怪我人の一人が隣村に逃げ帰り、奇怪な爆弾で広島市が一瞬の間に無くなったと云った。その噂が私たちの村に伝わった。この怪我人は小林哲男という名前で、もと私たちの村の小学校長をしていたが、数年前に栄転して広島市の小学校長を勤めていた。

私はこの人を知っている。小学校のとき私の一級上のおとなしい子供であった。私の羽織の紐が下駄箱の蝶つがいに引っかかって、それをはずすのに困っているのを小林哲男が見て、造作なくはずしてくれた。私はそれを覚えている。

噂にきくと、この人は広島が爆撃された日に学校の職員室で訓辞をした。それが終ったとき、空襲警報が出たので机の下に退避した。約一分間で警報解除のサイレンが鳴った。小林哲男は「暑い、暑い」と云って上着をぬぎ、窓際のところに行ってシャツをぬいだ。それから肌着のランニング・シャツを半分までぬいだとき、その布地を透かして射しこむ光が閃いた。地響きのような「ざあッ……」という音が湧き起った。いわゆる秘密兵器で攻撃して来ていると思ったので、上着をかぶって外に逃げ出した。裏門を出ると、そこの塀の外にあった空車のトラックに這いあがった。裏門の筋向うの家から相当年配の男が駈け出して来て、そのトラックの運転台に乗った。トラックは発車した。行先はわからないが、小林は黙って乗っていた。間もなく気が遠くなって、それから漸く気がついたときには、何とかという町まで運ばれていた。体じゅうに得体の知れぬ激痛を覚えた。死ぬなら郷里のお袋と妻子のところで死にたいと思ったので、その町からまた便乗したまま福山までたどりつき、福山から厚生車で自分の生家に帰って来た。血まみれになっていた。さっそく、この村の田和さんという医者に見てもらったが、田和さんは治療に困っているという噂であった。

広島が焼けた翌々日、福山の町が空襲を受けた。私は裏山の尾根に出て、「鬼の唐《とう》臼《す》」という大岩のそばから、三里あまり遠方の福山の町の燃える明るみを見た。町は山のかげに隠されて火の手は見えないが、山の端が全体に明るくなって、一箇所、火柱の立ちのぼる明るみが見えた。お城の天守閣が燃えているのだと推定した。山の切れ目の峠のあたりに、二箇所、人家の集団が火事を起しているのが見え、その手前の広い耕地に誘蛾燈を灯したように小さな光の点々がつづいていた。

「あの漁火《いさりび》のようなのは、あれは何じゃろう」という声がした。近所の人たちも福山が燃えるのを見に山の上に来ていたが、みんな黙りこんでいるので、どの人影が誰だか知れなかった。

「おい、あの漁船の灯のようなのは、何じゃろう」と繰返して云う声がした。誰もそれに答えなかった。

よほど暫くたって、崖の下の方で「おうい、そこの山の上に、西組のものがおるのかあ」と呼ぶ声がした。誰も返辞をしなかった。また崖の下から、

「おうい、西組の自衛団員は、みんな集合じゃあ。罹災者の救護に、福山へ出発じゃあ」と云う声がした。

すると、根上り松の根元にうずくまっていた人が、黙って立って山を駈け降りて行った。みんな敵前に身をかくしているように、息を殺して向うの山の端の明るみに目をこらしていたようだ。敵機のとぼしている青い光の一点が、ときどき夜空に見えた

り隠れたりした。私は高射砲が空に向けられているのを心に想像したが、弾丸の撃ち出される音は一度もきかなかった。

誘蛾燈のような光の点々が消え、山の端の火柱がおさまってから私は山を降りて来た。空襲の全貌は知れないが、何しろ凄みを利かされた空襲であった。すくなくも二百機ぐらいは攻めて来たのだろうと思っていたところ、翌朝になって噂にきくと、B29六十機来襲したという。人口三万の福山の町は七分通りまで焼けて、お城の天守閣も三階の窓から焼夷弾が這入って丸焼けに焼け落ちたそうである。

今度はどこの町がやられるだろうと私たちは話し合った。広島もやられ、その前に岡山がやられ、海で瀬戸内を隔てた今治の町もやられた。岡山は焼夷弾を浴びせられ、今治は爆弾を落されたと云う。私はラジオの放送をききながら、今治に爆弾の落ちる地響きを感じた。岡山が空襲されるときには響きが伝わらなかった。今治は瀬戸内を距《へだ》てて何十里もの遠方だが、爆弾の落ちる地響きが一発ずつよくわかった。尼ヶ崎の空襲のときにも地響きがした。私の疎開していた家は高い石崖の上にあったので、地響きが特別敏感に伝わった。それが刻々に伝えられるラジオの実況放送と相俟って、不安の気持を尚さら大きく掻き立てた。

福山が空襲されてから一週間目に、ラジオ放送で敗戦を知らされた。私は胃を悪くして、隣村の田和さんに診察を受けに行った。田和さんは往診に忙殺され、患家からまだ帰らないうちに他の患家から迎えが来て、しげしげと自宅と患家を往復した。この村の青年たちが義勇兵という資格を与えられ、広島へ家屋疎開の手伝に出張していたので、それがみんな原子爆弾の被害を受け、生き残った者も手負となって帰って来た。無《む》疵《きず》の者も得体の知れぬ苦痛を訴える。

「目も当てられぬ苦しみだ。どこが痛いというのでもなく、ただ無性に苦しがる。治療法のない新発生の病気だね。恢復の期待が持てないのだから、医術はこの病気に対して、でくの棒だね。小林哲男さんも、広島で血だらけになって帰って来た。でも、手当の方法がないのだから、惨憺《さんたん》たる苦しみで亡くなった。――それでも大怪我の身で、この村までよく帰って来たものだ」

　田和さんはそう云った。

病名もまだ名づけられていなかったので、田和さんは仮に「義勇兵の病気」または「不思議な苦しみをする病気」または「治療法のない病気」と云っていた。この病気にくらべると、胃病なんかの苦痛は物の数でもないそうだ。

　隣村の「義勇兵の病気」の患者たちは、およそ二週間ばかりのうちに、亡くなる者は亡くなった。生き残った者は、そのころ広島新聞に発表された療法によってお灸をすえた。これが利くのかどうだか知れないが、お灸で助かるという説を強調する者もいて、「義勇兵の病気」で死んだ患者の隣の家の者が、病気の伝染するのを怖れてお灸をすえた噂もあった。

私の村でも、広島の高等学校に入学して行ったばかりの学生が亡くなった。安原薬局の長男も、やはり広島の高等学校に入学したばかりであったが、電車の外に出たところ即死で亡くなった。広島空襲の当日、私が福山の街で安原薬局主人と立ち話をして、ちょうど相手が私の帽子から釣鉤を取ってくれた時刻の少し前、その人の愛児が落命したわけである。「おい、まッさん、帽子に釣鉤がついているよ」という言葉は、私にとっては別に縁起の悪いものではない。ただ安原薬局主人が、それを思い出したとすれば何と思うか疑問が浮かぶだけだ。

この薬局主人の育った家は、私の村の往還からちょっと反れた岡の麓にある。石垣をめぐらした古めかしい大きな構えの屋敷である。私は薬局主人がもう村に疎開して帰っていると思って弔問に出かけたが、開け放した倉の土間に薦包《こもづつ》みの荷物が置いてあるのに誰もいなかった。母屋は壁が崩れ落ち、瓦のずれ落ちた廂《ひさし》が傾いていた。長らく廃物としてうっちゃっておかれた屋敷である。

その翌々日、私はお城の天守閣の焼趾を見るために福山に行った。歴史や物語に、よく天守閣炎上の話があるが、燃えた趾の光景を述べたものをまだ見ないので実地に見て置くつもりであった。私の見た天守閣の焼趾は、ただ焼土や瓦の破片などが堆《うずたか》く盛りあがっているだけで、罹災者と見える人たちがその焼趾をシャベルや木の片《き》れなどで掘返して焼釘を拾い集めていた。鬼瓦を留めてあった釘は、火箸ほどの大きさで、二つ揃えるとそのまま火箸として役に立ちそうである。私は焼趾を南側から見た有様と北側から見た有様を簡略に写生して、ついでに涼櫓《すずみやぐら》の焼趾を写生して、そこの石垣の端から街を展望した。町はあらかた焼けていた。お城の石垣までも焼けただれ、石の色が興ざめの赤土色に見えた。焼けた翌々日だというのに、熱風がその石垣の下から吹きあがっていた。

お城から降りて、駅前の小林旅館の焼趾に行って見ると、立札に立退先が書いてあった。中庭の植木は跡かたもなくなって、伊部の水甕が縦に真二つに割れて、もとのままの美しい長春色であった。私は中庭の焼けこぼれのした庭石に腰をかけ、その場で小林旅館の立退先へ宛てて葉書を書いた。

「前略。今回は誠にお気の毒な事態になりました。しかし皆さん御無事に避難されたことと思います。いま、お宅の焼趾の石に腰をかけてこの葉書をしたためています。例の水甕が真二つに割れておりますが、あれを私のところに保管して置きましょうか。所有慾の有無はともかくとして、あのまま放置するのは残念ですから。御取混みの際、失礼ながら貴意を得たく、御見舞を兼ねて御申入れ仕ります」

この葉書を、私は帰りに隣村の郵便局のポストに入れるつもりでいたが、ふと気を変えて揉みくしゃにして棄てた。遊び半分の葉書だと受取られそうな気がした故である。

この水甕は、焼趾の地ならしが出来るまで、その場所に放置されていた。秋十月の初旬、私が埋立地の一文字という岸壁へ魚つりに行くときは、まだ真二つに割れたままになっていた。その月の下旬、岩国町の河上徹太郎のところへ行くとき見ると、地ならし人夫が水甕を微塵に砕いて煉瓦のかけらと一緒に槌で搗《つ》き込んでいた。私は汽車に乗ってからも、小林旅館の立退先へ何か一言の感懐を云って送ろうかと考えていた。「在りし日の水甕の面影、脳裡に去来、無常迅速の思いにたえず候……」と書き送ってやりたいと思った。水甕を棄てて行くほどなら譲ってくれてもいいだろう。車中、何となくいまいましい思いであった。汽車が混んで立ち通しになっていたせいもある。大変な混雑で、窓も人垣で塞がれて広島の焼趾も見ることが出来なかった。

——その後、十箇月もたってから、私は罹災後の広島の町を初めて見ることが出来た。焼趾の樹木は棕櫚の木だけが芽を吹いて、高熱度に耐え得るこの樹木の底ぢからの逞しさにびっくりさせられた。

私は敗戦を境に胃を悪くして不眠症にかかった。天守閣の焼趾を見てから水甕の割れたのを見て帰った夕方、近所の人が回覧板を持って来た。地方事務所からの通達により「神辺町へ貯蔵物資の配給を受けに行く事。明朝五時までに隣組長宅に集合の事」と記されていた。荷車を持っている者は荷車を、トラックの所有者はトラックを操縦して、一軒の家から必ず一人以上の者が出て来るようにと書いてある。私は遅刻するのを案じて早めに寝たが、眠ろうとしても眠れなかった。

「どうも眠れない。不眠症ほど、ばかばかしいものはない」

私が寝床に起き上ると、屏風の向うに寝ていた家内が云った。

「いま貴方は、鼾《いびき》をかいてました。御自分の鼾で、御自分が目をさましたのです」

この断定は意外であった。

「そんな筈はない。僕は、さっき柿の実が屋根に落ちたのを知っている。二つ、続けさまに落ちる音がした」

「では、贋の鼾をかいたのですね」

「ばかな。眠れないのに、贋の鼾をかくなんて、見えにもならないんだ」

とうとう私は眠れなかった。家内の話では、私がときどき大鼾をかいたというのだが、私は眠ったとは思わなかった。

可なりの寝不足で、定刻に遅れて隣組長の家に行った。庭さきで先着の人たちが焚火をして、この村で軍の貯蔵物資を預かっている家や物資の種類について話していた。この地方における大がかりな貯蔵物資によると、確かに軍部は徹底的に焦土戦を遂行する決心であったと思われないこともない。この地方には織物工場がたくさんあるが、戦時中に機械を供出して工場も倉庫も、たいてい空っぽになっていた。それらの建物のなかに、軍が種々さまざまな物資を持って来て預けていた。企業整備で醸造停止の酒屋の倉庫にも物資を預けていた。製粉所の倉庫、醤油屋の倉庫、大地主の倉庫などにも預けていた。私たちの村の小学校の教室にも、ミシン台を一つの教室に、ロールの紙を一つの教室に預け、出入口の戸を釘づけにして封を附けていた。川の堤の草原にも、ロールの紙を小高く露天積みにして防水の天幕をかぶせてあった。木製のリヤカーの車体も露天積みにして天幕をかぶせてあった。その並びの民家の倉庫には、葡萄酒の瓶を天井に届くほど積上げて預けていた。どういうものか、この地方に限って軍が厖大な量に及ぶ物資を預けていた。そのうちで、神辺という町には最も大量の物資を集中して預けていた。福山の空襲のとき、誘蛾燈のように無数の小さな爆弾が落ちたのは、この神辺の町をねらったものであると云われている。

　私たちの部落には、荷車が四台しかなかった。それを代り番こに曳いて神辺の町に出かけたが、おそろしく大変な人出であった。この地方の三つの郡内から、全村全部落の荷車や荷馬車が集まるので、狭い道路は人間と車で埋められていた。交通整理をする人もいない。物資を貰いに行く組と、物資を貰って帰る組が鉢合せをすると、車を通すことが出来なくなる。空車を曳いた組は、大勢で車を宙に差し上げて、人が突きあたらないように注意の声をかけながら通りぬけていた。私たちの組は、午前八時ごろに神辺町小学校の校庭に着き、配給の順番が来るのを午後五時ごろまで待った。暑くてたまらないので私は木かげに行って腰をおろしていた。この小学校には、大きな校舎と広い運動場がある。運動場にはロールの紙と、畳ほどの大きさの紙が、広い大きな合羽をかけて露天積みにしてあった。教室にはどんな物資があったか知らないが、勝手に盗み取る人の持ち出していた品物によると、衣料や農具や雑誌やカモフラージュの網などが貯蔵されていた。衣料は兵隊用の青い色のシャツと将校用の外套であった。青いシャツは三尺か四尺ぐらいずつの高さに積み重ねて紐をかけてあった。それを抱きとって盗み出して来る者がいると、横合から不意に一と掴みで二枚か三枚かそのシャツを剝ぎ取る者がある。せっかく持ち出したのを剝ぎ取られるが、相手を擲《なぐ》るとすればシャツの大束を抱いている手を放さなくてはいけないので、我慢を殺して人混みのなかを分け歩いている。すると、また一人が横合から一と摑み剝ぎ取って行く。また一人が剝ぎ取って、最後に主犯の手には二枚か三枚しか残らない。

憲兵は「補助憲兵」の腕章をかけたのが三人いたが、盗みをする人を叱っていいか悪いか迷っている風であった。敗戦のために、どのくらいの権力が自分に残されているか測定しかねていたと思われる。見て見ぬ風をしているかと思うと、青シャツ一枚を盗んで丸めている男のそばに行って、いきなり憲兵の態に返ってその盗品を引ったくる。そのついでに、盗品を山と積んで車を曳いている男を呼びとめて、その車の持主の名札を調べて手帳に書きとめている。

「威張るな、憲兵。こりゃ、まだ憲兵のつもりか」

人混みのなかで、そんな悪態をつく声がした。

そのとき、ふと人混み全体に動揺の気配があった。荷車のかげに身を潜めるものもいた。空に飛行機のように灰色で、紙の燃え屑が高く何枚となく舞いあがって、ひらひらと飜りながら風に流された。地方事務所員の出張所で焼いた帳簿の燃え屑が舞いあがったものである。空襲の怖しさがまだ生々しい人たちは、敵機が来たと錯覚したようであった。

私たちの組は五時ごろまで待たされた挙句、この町の造り酒屋の前に行くように命ぜられた。それで造り酒屋の前に行って待機した。私は眠いので荷車に腰をかけて居眠りした。目をさましたときには日が暮れていた。みんな弁当の昼飯のぶんしか持って行かないので、空腹と待ちくたびれで無口になっていた。私たちは戦時中こんな扱いに慣れていたが、念のためその酒屋の土間をのぞいて見た。主人と思われる旦那風の人物が、数人の若い者をそばに控えて座についていた。

「ちょっと伺います」私は旦那風の人物に云った。「いつまで待てば、よろしいのでしょうか、御存じではないでしょうか。お宅の店さきで待てということですから、お宅でも何か通告を受けていらっしゃるでしょう」

「いや、そんなことは一向に知りません」と相手が云った。「私のところで関係のあることじゃないのですからな。私のところでは迷惑とまでは云わないが、ともかく、貴方がたのことは一向に知りません」

その語気は大して荒くなかったが、余計なことを訊ねるやつだという気分だけは充分に含んでいた。

夜の十二時すぎ、また待機の場所変更の命令が出た。夜がふけて眠かったので私はよく覚えないが、道を鉤《かぎ》の手に折れて行った倉庫の前が私たちの待機する場所であった。そこにも大勢の人が押しかけて待っていた。馬をつけた荷車に何台も紙を満載して、荷車の行列をつくって出発して行く組があった。その一隊の去ったあとへ私たちの組が呼び出され、倉庫から出された罐詰の箱を一台の荷車に積んだ。もう一台の車には衣料を積み、あと二台の車は小学校へ曳いて行けという命令で、私たちはまた小学校に行った。昼間の雑沓ほどではないが、ここにもまだ可なりの人数が待機していた。露天積みの印刷紙を盗んで車に積んで行く男が、重くて曳けないので「頼む、頼む」と云った。その車の後を押してやり、「慾張りめ」と叱りつけて追いやってやる者がいた。盗んだロールの紙を車に一と巻積んで、子供に後押しさせながら帰って行く者もいた。そのロールの軸木には「１３Ｒ」と書いてあった。それを転がしてみて、

「これは、確かに八十貫は、あるな。一人では盗めぬ」

　と云う人がいた。

　私たちは、ここでも二時間あまり待たされた末に、一台の車にロールの紙を二た巻積んで、最後の一台には、印刷紙や、青い色のシャツや、裁断しただけで仕立ててない軍服地のきれや、シャベルなどを積んで帰って来た。

途中、隣村にはいる辺りで夜が明けた。私はふらふらに疲れて落伍した。山奥の村

の人が、スタンプ・インキだけ車に山と積んで、こんなものが何になるかとぶうぶう云っているのがあった。その人たちが私を追い越して行った。

翌日、部落の集会所で配給品の分配が行なわれた。罐詰や衣料は家族の頭割りで分け、印刷紙も家族の人員に応じて枚数を勘定して分けた。ロール紙は分配に困ったので、一と巻だけ裁断して分けることにした。大工職の男がそのロールの紙へ物差代りに板ぎれを当てがって、畳庖丁で裁断した。すると断ち切った外側の部分は紙の幅が広く、内側に行くにしたがって幅が狭くなって、芯に近い辺りは細い紙になってしまう。これを枚数で分けるのは公平を失うので、秤を持って来て目方で分けた。残りのもう一つの一と巻は、後日また処分を会議できめることにしておいた。これは後日、山奥の隣村の校長をしている男が買取って転売した。

私は早くから東京に転入したいと思っていた。福山が空襲されたのが八日の晩で、十五日に終戦命令が出て、その翌日、私は転入の相談をするために疎開仲間の木内君を訪ねた。この人は福山市郊外の岡の麓にある細君の生家に疎開して、母屋から一町ばかり離れた一棟に細君と二人で住んでいた。その家の二階は南の方に海が見え、西側の窓から山が見え、その窓のすぐ下に池がある。私はこの二階で木内君と将棋をして晩《おそ》くなったので泊めてもらった。不眠症でも寝床にはいるとすぐ眠ることが出来た。

夜明けごろ目がさめて、窓から見ると目の下の池に異様なものが見えた。電燈をつけ、コードを伸ばしてその光を池の水面に向けた。思わず私は目をそらして電燈の明りを消した。窓もしめた。池の水面に浮いていたのは確かに人間である。カキツバタが池の片隅に群がって生え、すこし離れた位置に紫色の紙ぎれか何か浮いていた。その紫色のものに人体が頬を近づけて仰向けになって浮いていた。

夜明けが待遠しかった。階下で誰か起きる気配がするのを待っていたが、待ちきれなくなって階段の中途のところから声をかけた。

「お早う。おい、お早う。木内君、ちょっと目をさましてくれよ」

「お目ざめで御座いますか」

と細君の声がした。

私は二階の部屋に引返した。階下で戸を明ける音がして、間もなく木内君がパジャマ姿の眠そうな顔でやって来た。

「起して悪かったね。朝早くから縁起でもないが、この窓の下の池に、縁起の悪いものが浮かんでるよ。見るかね、君」

「そうか、君が見たのなら、僕は見なくてもいいさ。水死人だね。しかし、すぐ届けなくちゃいけないね」

「仰向いてたから、女だろう」

「そうか、いま君が、窓を明けて発見したわけだね。そう云って届けよう」

木内君が階下に降りて行くと、入れ代りに細君が階段を駈けあがって来た。

「大変だそうで御座いますね。いま木内が届けに参りました。母屋の電話で届けますから、すぐ帰って参ります」

「僕は見たから、もう見ないことにします。昨日の昼間は、確かに浮いてなかったようですから、日が暮れてから浮いたんでしょう」

「そう致しますと、昨晩から七日前に沈んだことになりますね。沈んで浮きあがるのは一週間目か、それとも二週間目にきまっていると云いますから」

七日前といえば、福山の町が空襲を受けた翌日に当る。木内君の細君は、不気味そうに窓の障子に目を向けて、「ちょっと洗面所を片づけて参ります」と階下に降りて行った。

私が寝床をそのままにして階下で顔を洗っていると、木内君が帰って来た。警察がすぐ来ると云ったそうである。

「おうい、正彦。お前、あれを、昨日は気がつかなかったのか」

池のほとりで、母屋の主人の云う声であった。

木内君は窓のところに行って、窓を明けないで返辞をした。

「昨日は、まだ浮いてなかったようです。――お父さん、それを見てるんですか。――気持、悪くないですか」

「おい正彦、カキツバタが咲いておるよ。妙だなあ、どうしたというんだろう。おい正彦、カキツバタが咲いておるよ」

木内君はそれでも窓を明けなかった。母屋の主人は、何やら云いながら母屋の方に引返して行った。

私たちが朝飯をすましたとき、刑事と巡査が来て現場を見ると、二人とも私たちの報告を手帳に書きとめた。私も木内君も、現場は詳しく見なかった。巡査の話では、池のほとりの畦道にびっこの草履がぬいであったそうだ。空襲で周章《あわ》てて家をとび出して、どこかを目あてに一目散に走ってこの池のほとりまで逃げて来たのだろう。何かの感慨で衝動的に水にとびこんだかと思われる。見たところ外傷は、焼傷《やけど》と思われる頬の疵だけのようだから、たぶんそんなところかもわからないと巡査は云った。年は二十歳前後、手拭地の寝間着に赤い伊達巻をしめていたそうだ。

木内君の細君は、母屋の朝風呂をわかしてくれた。私はお湯から出ると、また一と寝入りしてお昼すぎに目をさました。

「おい、もう池を見てもいいよ。窓を明けた。引取人が来て、運んで行ったからね」

「他殺か、自殺か」

「半分ほど気違いの娘だったそうだ。広島の工場で半分気違いになって、それから空襲に遭って福山に帰って来て、その日、また空襲に遭ったそうだ。踏んだり蹴ったりだね」

私は窓から池を見た。一畝歩《せぶ》ばかりの広さを持った長方形の池で、その並びに流れている小川から水を引き、小さな溝川《どぶがわ》に水を落すようになっている。この水の落口のあたりにカキツバタが群生して、すこし離れた位置に一と揃いだけ胯状葉が単独に生え、抽《ぬ》き出た茎に紫色の花をつけている。普通なら、カキツバタの子房はもう老けている季節だが、狂い咲きでこちこちにいじけた花弁をつけていた。私が紙ぎれか何かだろうと思ったのも無理はない。

「あのカキツバタの花、何ごとに脅かされて咲いたかね」

私が云うと、

「そうか、この季節に、あんな花が咲いてたのか。ばかにしてる」

と木内君が云った。

ふと私は思い出した。それは誰からきいた話か思い出せない。それとも誰かの書いた物語の一部であったかもわからない。私の思い出したのは濃艶なカキツバタの花である。——誰か青年が、こんなように窓から池の見える二階に下宿していた。場所は東京の場末かどこかである。

その青年は、文学志望の男であった。窓の下の池には、水の落口のところに片寄ってカキツバタが生え、花が満開であった。その池を隔てた埋立地に、若い指物師とその妹の住んでいるみすぼらしげな家があった。指物師と妹は兄妹仲がよくも悪くもない。妹は奉公に出ているうちに、父《てて》なし児《ご》を孕んで帰っているところであった。——ある朝、青年が何げなく窓から池を見ると、カキツバタの咲いているそばに、指物師の妹が仰向けに浮かんでいた。きれいな着物をきて、その着物の袖が金魚の鰭《ひれ》のように水のなかに垂れさがっていた。指物師は妹の死体を見つけると、水の落口のところを大きくまたいで水面に向って前こごみになった。伸ばした手が妹の死体に届いた。指物師は妹の片方の袖を水から引きあげて、それを妹の膨れたおなかの上に乗せた。同じように、もう一つの袖を妹のおなかの上に乗せ、行儀よく手を重ねたように袖を重ねた。そうしておいて、指物師は大急ぎで横丁の方へ出て行った……。

私がこんな話を木内君にきかせると、

「そのカキツバタの花と、あのカキツバタの花は雲泥の相違だ。時代からして違う。

ばかばかしい花が咲いたもんだ」
と木内君が云った。

『黒い雨』執筆前後――被爆25周年にあたって

『かきつばた』を書いたとき

『かきつばた』は、終戦後二年目、東京に転入してから書いた。この作品を書くときには広島の原爆のことはあまり知らなかった。当時の新聞は原爆についてなにも書いていなかったからね。ただ、ぼくが疎開していた福山市の奥の村から、挺身隊で広島へ行っていた人たちが帰ってきて、すごい爆弾だと教えてくれた。

原爆がおとされた六日の晩には、まだそのことはわからなかった。通信はとだえていた。そのあくる日、最初、広島の小学校に勤めていた校長さんが血だらけでトラックに便乗して帰ってきた。それはひどい苦しみようだったそうだ。

その人を隣村の医者が往診していたが「なにやらわからん。治療法がない病気だ」といっていた。原爆の傷は、ふつうのけがの痛さとはちがうんだね。やけども痛くない人と痛い人の二とおりあるようだ。便秘する人がいる。逆に下痢する人もいる……。こういうことはもう原爆の記録に書かれて、いまではみんな知っていることだが……。

ぼくらは当時そんなことは知らなかった。広島には今後八十年間、草がはえないといわれていた。ところが、イタドリ、スカンポ、バショウなど、のびすぎて上のほうがたれさがるほどだったというね。

戦後、間もなく岩国に帰った河上徹太郎をたずねる途中、汽車で広島をすどおりした。

　そのときはまだ焼けあとを歩いたら危険だということを知らなかった。おりてもよかったのだが、汽車が満員で、窓からのりおりするありさまだったので一度おりたらのれない。となりの車両には故郷へ帰る朝鮮人がいっぱいいた。

被爆者の手記と『黒い雨』

『黒い雨』は、ある被爆者が手記を送るから書いてほしいといってきたのがきっかけだった。その人のめいにあたる十七、八歳の少女で、直接被爆はしないが、原爆の雲からふる黒い雨にあたった人がいた。自分では被爆したと思わずに、後に結婚してこどもが二人できた。ところが、そのこどもがふざけて髪をひっぱったりするとすっぽり抜ける。それでがくぜんとして医者へ行くと、原爆症だといわれた。

　その人はのちになくなったが、病床日記をつけていた。その日記が二、三冊あることを、その人のおじさんが知らせてくれた。おじさんはめいが死んでからその日記を読んでいて、その内容をところどころを話してくれた。

その話をもとに、ぼくは『黒い雨』の最初に、日記をこしらえて書いた。半年分ぐらいの連載予定で、あとの二回ぐらいは、現物の日記を見て書こうと思っていた。それで、そのおじさんに「日記を送ってくれ」と手紙を出した。おじさんはめいの嫁入り先へ行ってくれたが、遺族が「見るも涙」というので燃やしてしまったという。

おどろいたおじさんは、めいが診察を受けていた福山の町の藤田という医者のところへ行った。そこにカルテがあるからせめてカルテだけでもと思ったんだね。ところが患者が死んで三年するとカルテは捨ててもいいので、これも燃してしまったというんだ。

なんにもない、というので、それから取材に行くようになった。取材に行きだすと、書くときのまじめさより、事実にたいしてまじめになってしまった。それで熊手で集めるようにいろんな人の記録、談話、筆記を集めた。おじさんの被爆日記も参考にした。大江健三郎君の『ヒロシマ・ノート』も大田洋子さんの『人間襤褸《らんる》』も読んだ。

あの出来事は空想で書けるというようなものではなかった。空前絶後の問題だったのだ。それであんなルポルタージュ風のものになった。『黒い雨』の最初の、ぼくが空想で書いためいの日記は、おじさんがつりをしながらぼくに話してくれたことをまとめたのだ。あと二回ぐらいは、めいの日記をみながら書こうと思っていたのだが、それはできなかった。日記は燃やしたというが、あるいは、めいのことを書かれたくなかったのかもしれない。被爆者のなかにはそういう気持ちがみなあるようだ。話をしている途中、はっと息をのみこむ人が多い。

取材のとき、被爆者の人たちに集まってもらったり、たずねていったりして話を聞く。焼けあとで死骸をさがすところへくるとふと息をのむように絶句する。ことばが出ないんだね。何回かそんなことがあった。メモをとりながら「それで」というと、だまってしまう。話したくないのだ。

何とも悲惨なものらしい。宮島の先で小学校に収容された被爆者を親切に看護した婦人会の人がいるというのでたずねていった。死んだ人の骨もわざわざ村までとどけに来てくれる人だった。この人もそういう場面の話になると絶句した。この人のことは『黒い雨』にそのまま書いた。きれいな人だった。その人が、「原爆患者を看護した人は、においでわかる」といわれていたことを教えてくれた。

こういう取材を通じて、ぼくはことがらにたいしてまじめになった。作家としてではなく……それで作品もながくなった。

編集者も資料を集めてくれたり、医者のところへ速記者をつれていったりして協力してくれた。

その医者は被爆して一度は骨と皮ばかりになって死にかけた人だった。こういう話は作品の中にそのまま書いた。めいの病状日記やおばさんの日記はこしらえたものだが、医者の日記は本物を使った。懲罰召集（注・志願をしなかった人を懲罰的に召集すること）で広島第二部隊にはいった人だったが、同じ部隊の人では三人だけ生き残っている。

『黒い雨』はこういう取材をしながら書いた。めいの日記がないということがわかって、この作品は敵前迂廻している。題名も『姪の日記』から『黒い雨』に変わった。批評家が「作品に矛盾がある」と書いているが、それは本当だ。

めいという人が住んでいた標高五百メートルぐらいの高原にも行ってみた。近所の村では一村二十人の救援部隊を広島に出したが、いまではそのうち一村に一人ぐらいしか生きていない。高蓋《たかふた》村では十九人出かけて行って、みんななくなった。そういう生き残りの人たちに集まってもらって話をきいたこともある。十一月ごろだが寒いころだった。大根が干してあった。

いろいろな取材を通じ

『黒い雨』の結末ははじめから構想があったわけではない。たまたまああなった。結末に出てくる白い虹はぼく自身が二・二六事件の前日に三宅坂を通るとき見たことがある。「白虹《はっこう》、日をつらぬく」というのは「史記」にあることばだが、辞書にあるように説明するのもいや味なので簡単に書いた。

作品のモデルの人は死んだのだが、作品の上ではそこまでは書かなかった。シラスウナギが川をのぼるのは、季節的に少しおくれているのではなかったかと思っている。

『黒い雨』を書き出すと、被爆者の人たちで話に来てくれる人もいた。弟をさがしに行く話はテレビやラジオの脚本を書いている人からきいた。阿川弘之君の作品（「魔の遺産」）に出てくる逓信病院の院長にもあった。この人の話から病院の石段の上にすわって原爆の灰の上に指で字を描くシーンをつくった。ピタゴラスの定理を書くのは、学生時代にみた映画のシーンを思い出して書いた。戦地へ行っているとひらがなを書きたくなるものだ。その気持ちも出したかった。三宅島へ行ったときに、岩だらけの島で英一蝶の絵をみてほっとしたことがある。人間がながいあいだかかって生み出した線や文字、絵は、荒涼としたところに置かれた人間をなにかほっとさせるものを持っている。あそこをもう少し間を入れて書けばよかったと思っている。

実際に被爆した人は局部的な部分しかしらない。だから被爆した人たちの話を集めて、おお勢でアンソロジー（すぐれたものを集成）するといいと思う。戦争と同じで前線にいる兵士には戦の全ぼうがわからない。だから従軍記者は前線から集まってくる情報をウソか本当か判断して本社へ電送しなくてはならない。原爆についても、そういうことがあると思う。

『黒い雨』は空想は少ない。高原の村へ取材に行ったときには役場につとめていた人で当時のノートを持っている人がいて、このノートを見てほかの人が事実を思い出すようなこともあった。そのノートでずいぶん助かった。

しかし、しらべてもわからないこともあった。広島で被爆者に親切にしてくれた一家があったというのでさがしたが、世話になった人はみな死んでおり、結局、わからなかった。とてもいい一家だったそうだ。戦前と戦後では広島の人はいれかわっている。跡をたずねてもわからないことがあったのは無理もない。

東京でも三時間の空襲で八万人死んだことがあるそうだ。このことも書きこめばよかったと思っている。戦争の記録といっても、当時の新聞はウソばかり書いているのだから……。

　ぼくは原水爆のことを思うと、思考力がふと止まるような気がする。戦後、哲学が発展しなかったといわれるのも、こんなところに原因があるのではないか、などと思ったりする。

　ともかく『黒い雨』を書いているうちに、だんだん軍人が憎くなっていった。保元平治の乱の昔から、戦争ぐらい庶民を苦しめるものはない。

『黒い雨』はジョン・ベスター氏の英訳が出た。イタリアでもいま訳している。ぼくはこの作品を小国の人に読んでもらいたいと思っている。アメリカなんか大国の人にはどうでもいいことかもしれないからね。

（談）

Ⅲ

おふくろ

私の母は八十六歳だが、まだ割合と達者である。達者というよりも、去年の秋から今年の春にかけては、例年と違って寝込みもしなかった。毎年、冬になると蟄居するが、この冬は割合に元気なところを見せていた。

先月、そういう手紙を田舎の義姉から私の家内によこして来た。暖冬であったせいだろうか。

私は二年に一度か三年に一度ぐらい、ついでがあったら田舎の生家に寄るように努めている。と云っては語感がよくないが、お袋の愚痴を聞くのが嫌やだから、わざわざ出かけて行こうという気持は滅多に起さない。私が帰って行くたびに、お袋は憂鬱な気持を誘い出すような口をきく。それが型にはまったようにきまっている。

「ますじ」と、十二年前か十三年前、私が久しぶりに帰ったとき、義姉や甥の一緒にいる夕飯の席でお袋が云った。「お前、東京で小説を書いとるそうなが、何を見て書いとるんか」

「何を見て書いとるかと云っても」と私は、大してまごつかないで返答した。「いろんな景色や川や山を見て、それから、歴史の本で見た話や、人に聞いた話や、自分の思いついたことや、自分が世間で見たことや、そんなの書いとるんですがな」

「それでも、何かお手本を置いて書いとるんじゃなかろうか」

「それは本を読めば読むほど、よい智慧が出るかもしれんが」

「字引も引かねばならんの。字を間違わんように書かんといけんが。字を間違ったら、さっぱりじゃの」

お袋は暫く黙っていたが、説教はこれだけで止そうと思ったのだろう。

「よし子」と、義姉に云った。「ますじに、酒を飲ましてやってくれ。あんまり飲むと毒じゃから、徳利に一つだけ酒をわかしてやってくれ」

義姉は竈の下を燃しつけて、戦争前に近所の人が除隊記念にくれた銚子を鍋のなかに立てて燗《かん》をした。盃も同じく除隊記念にもらった土産物で、聯隊旗と海軍旗を交叉させた図が書いてある。ぎらぎら光る水金で第四十一聯隊という文字など書いてある。この家では古い徳利や猪口などはどこかに蔵っていて、法事のときにも来客のときにも決して使おうとしないのだ。

私は三本や四本の酒では酔えないが、お袋は私が銚子の酒を半分ぐらいまで飲むと意見するような口をきいた。

「ますじ。そうそう酒を飲むと毒じゃがな。人が見ても、みっともないし、酒飲みは酒で身を誤まるというての」

それで私は一本だけで止そうとしたが、母はそれで満足するのではない。

「お前は酒が飲めるというのに、一つだけで止めることはあるまいが。飲めるのに、無理せんでもよかろうに。飲めるんじゃもの、もう一つだけなら飲んでもよかろうが。よし子、もう一つ酒をわかしてやってくれ」

もう飲む気がしなかったが、せっかく義姉がわかしたので飲んでいると、お袋はまた酒を飲むと毒じゃと云った。それで私が二本目で止そうとすると、お前は飲めるのに止すことはあるまいと云った。結局、三本、四本と飲んで行き、飲めば飲むほど地味すぎる気分に陥込むことになって行く。お袋は酒飲みの倅に酒を飲ませたいが、酒なんか、見るのも嫌やな義姉に遠慮して余計なことを云ったのだろう。

それから私は二年目か三年目にまた田舎に帰った。母は見違えるほど老けこんで腰も曲っていた。若いときから木綿の着物をきつけると、老けてから腰が曲るというのは本当だろうか。とにかくお袋の腰は曲り、庭を歩くときでも頭が腰の高さより低くなるほどで、これでは頭に血が上るというよりも、血が下るおそれはないだろうかと思われた。ときどき立ちどまって伸びをするように腰をのばしていた。

義姉の話では、医者が診察してお婆さんの心臓は三十代の人の心臓だと云ったそうであった。庭の草むしりもするし、往還から分れて私のうちへ登って来る坂道の草もむしっているということであった。抜きとった草を、ちょんぼり載せてある庭石も見た。

私は菜園畑の方にも行ってみた。それから、石垣の端に立っていると、その下に見える家の年とった小母はんが私に声をかけた。

「ありゃりゃ、これはこれはまあ、あんた、お久しぶりでござりゃんすなあ」

その小母はんは、私が子供のときその家に嫁に来て、口も達者、耕作も達者、人づきあいも達者で通して来たと云われている。誰か知りあいの顔を見ると、相手の気を煽るようなことを云う婆さんである。そのときにも、わざわざ石垣の下にやって来て、小母はんは私の立っている真下から私を見上げてこう云った。

「あんた、ほんまに、ときどきお母はんに顔を見せてあげにおいでんさいなあ。それでも、お母はんがお達者で結構ですなあ。せんだって、どっかで葬式があったときも、お母はんは紋附をきて焼香においでんさってなあ。その帰りに、お宅へ行く坂に生えとる草を取って、紋附の袖のなかへ入れなはったんですが。なんぼ年寄でも、草が生えとるのを嫌いなら、達者な証拠ですけえなあ、ほんまに」

それで私が坂道の方へ行って見ると、土くずれを防ぐ石の上に、抜取った草の枯れかけたのが一かたまり置いてあった。こうして置けば草は完全に枯れて行く。お袋が紋附の着物の袖に草を入れたという説は、小母はんのその場の思いつきではなかったろうか。

その翌日、私が東京に帰る支度に取りかかると、縁側に腰をかけていたお袋が云った。

「あたしは、いつ死ぬかわからん。今度、お前が戻るときには、もう死んどるかも知れん」

またも愚痴だと私は受取ったが、お袋としては実際に生きてゆく自信を無くしていたのかもわからない。

「この家のものは、男が早死にするから、お前も気をつけて」とお袋は、あるか無いかのようなぼそぼそ声で云った。「どうしたことか、この家は二代にわたって戸主が早死にをしてしもうた。それでも、この家の家相が悪いというんじゃなかろうに」

私の親父は私が六つのときに亡くなって、以来、お袋はずっと後家を通して来た。

私の兄は戦争中、急性肺炎で一週間わずらって亡くなった。私の生家のある場所は山の殆ど中腹だが、庭に三つの小さな池があるので湿気が多く、庭石にも苔や軒シノブが生え易い。木の枝にも糸状の苔が垂れ、また気色の悪い苔が生えたりして、モッコクやキリシマなどは苔を落してやらないと小枝が枯れて行く。敷地は底が岩盤だから木の育ちも悪く、五十年前にひょろひょろしていた松の木は未だにひょろひょろである。裏山が西陽を早くかげらせるので、菜園畑も日蔭になっている間が多く、ここに出来る作物のうち唯一の自慢の種はコンニャクだけである。私の生家の近辺に出来るコンニャクは、コンニャク玉にするとき上手に灰汁水を混ぜてやると、他産地のコンニャクで製造するのと較べて確かに二倍の大きさになる。ここの部落では、五十年前頃には群馬県の農家からつづけさまに、コンニャクの種芋の注文を受けたものである。これがお袋の誇である。

西陽が射さない上に池があるから湿気が多く、だから健康によくないのではなかろうか。私はお袋に池をつぶしたらどうだろうと提案したが、防火用水を兼ねている昔からの池だからつぶすことは出来ないと云った。

私が東京へ帰って来て何箇月かすると、私の旧作「集金旅行」という小説が映画になって福山の町の映画館で上映された。そのお古のフィルムを村の青年たちが映画館から借りて来て、入場料の儲けを川普請の費用の一部にするために、村の小学校で上映した。このことは義姉が私の家内に知らせて来たが、その手紙に次のような意味のことが書き足してあった。

「集金旅行」が村の小学校で上映される日に、青年たちがメガホンで村を触れまわった。「当地出身の作家、井伏鱒二氏原作の天然色映画、『集金旅行』を今晩六時より当村小学校において上映します」と大きな声で触れまわった。この声はお婆さん（私のお袋）の耳にも聞えたが、お婆さんは、ますじが晒し者になっていると云って納戸に引籠り、無論、映画の見物には行かなかったが、後で近所の人たちが来て噂をするので大体の筋を知ったようである。しかしお婆さんは近所の人が「集金旅行」の噂をすると、いかにもつまらない筋の映画だと云うように黙りこんでしまう。そのくせ近所の人が「集金旅行」の噂をしないで帰って行くと、「あの人は、映画を見なんだのだろうか」と家の者に聞く。

義姉からのそういう手紙であった。

かねがね私は生家の人たちに、私の書いたものは小説でも雑文でも決して読まないように頼んでいた。私のうちの者にも読まないように早くから交渉ずみで、私の家内も子供も決して私のものは読まないが、ときたま短い原稿を家内に清書させるときだけは別である。但、映画の場合は第三者が介在するのだから私は意に介さない。

　去年の五月、大阪へ行ったついでに岡山から福山に行き、そのついでに田舎のうちに寄った。時候のせいかお袋はその前のときよりも幾らか元気を取戻していたが、目が霞むので医者に見てもらっていると云っていた。耳は若い者と同じようによく聞え、隣の部屋で曽孫と遊びながらでも、ふと思い出したように私に話しかけた。

「変なこと訊くようじゃが、東京の米はうまくなかろうが。お前のところは、米は何升ずつ買うて来とるんか」

　それから、またこう云った。

「裏の倉に、藪の竹が根を出して来て、土間の三和土を持ちあげたそうな。どうして持ちあげたかしらんが、あたしゃ見る気がせんので見に行かん」

　私は裏の倉に行って見た。竹の根が土台の石組を狂わせて、土間のなかにステッキほどの太さの竹の根が二本、三和土の底から顔を出して先の方を三和土の底に消えさしていた。二階にあがる階段には、足を踏みこむ余地がないほど一段ごとに、渋紙包み、饂飩《うどん》箱、薬研、糸引車の台、紙貼の籠といったようなものが置いてある。五十年前頃に私の見なれたものばかりで、もう何年も誰一人として倉の二階にあがっていないと告げているようなものである。

私は母屋のぐるりを廻ってみた。裏手の崖の上から転がり落ちた平たい岩が、平らに寝ないで衝立のように裏の便所のわきに立っている。表側の土間の入口右手には、たぶん修繕に来た壁屋の手持ち材料の都合と見え、小壁を二つだけコンクリの研出しの壁に改造し、残りは以前のままの白い小壁になっている。その小壁の一つに、鉛筆で家の図を落書したのが残っている。これが子供のときの私の悪戯であったことは、私のほかに誰も知らないのである。

私は縁側から部屋のなかのお袋に声をかけた。

「倉の二階にまだ書画があるかしらん。あれはみんな偽物だから、もし人に売るなら、偽物は偽物として売った方がよいのじゃないかしらん」

「偽物じゃというても、なにも人に売ることはなかろうが」

お袋のその口吻では、偽物だと云われたのが気に入らなかったようであった。あるいは、私がそれを持出そうとしているとでも思ったのではなかろうか。

私は次のバスに乗ることにして鞄のなかを片づけた。お袋は山椒の葉の佃煮とラッキョウを土産にくれて私に云った。

「うちでは昔から、誰でも年が八十になる前に死んどるが、どうしてあたしだけ死なんのかしらん。あたしゃもう、まわりの者に面倒かけて、まわりの者が面倒みてくれるんで生きておるようなもんじゃ。あたしゃもう、えっと生きたような気がするが」

えっと生きたという方言は、さんざん長生きしてしまった、もう沢山だという意味を持っている。

今日、これから私は文藝春秋社の用件で山陰方面へ出かけて行く。萩市、石見益田、出雲市、松江市に行き、それから鳥取市で連れの人たちに分れて田舎のうちに寄るつもりである。

半生記——私の履歴書（抄）

1

私は明治三十一年二月十五日に生れた。第三次伊藤内閣が出来てつぶれ、第一次大隈内閣が出来てつぶれ、第二次山県内閣が成立し、幸徳秋水等の社会主義研究会が成立した年である。政界が騒々しい年だったらしい。

私の生れた所は広島県深安郡加茂村粟根。現在は、三箇村合併で加茂町粟根と変更されている。山陽線沿いの福山市から約四里ほど北で、南北に細長く続く二つの山に挟まれた地域である。

私が子供のころは、粟根には雑貨屋一軒のほか農家が六十戸ぐらいあった。人力車夫は素人同然の者が一人いた。今では往還沿いに次から次に家が建ち、材木屋、ソース製造所、うどん製造所、運送屋、歯医者の診療所があり、バスやトラックが通っている。農家の人も町の工場へ勤めるので、自家用自動車を二軒に一台の割で持っている。寺だけは殆ど昔のままで、大林寺というのと妙永寺というのがある。以前、大林寺では朝と午前十一時と夕方に釣鐘を鳴らしていた。

明治三十一年といえば七十二年の昔である。当時の古風な村の風儀は今ではまるきり見ることが出来なくなった。一方、明治三十一年という年は、江戸時代の最末の年から数えて三十一年しか経っていない。だから私が子供のころは、江戸時代に生れた人が一軒に一人や二人ぐらいはいたわけだ。爺さん婆さんとも野良仕事に出ている一家もあった。極老の爺さん一人だけの家もあった。その人たちのうち、現在の私ぐらいな年の老人は、私の生れた年には文政年間に生れたわけである。おそらく江戸時代の田舎の風儀を身に浸みこませていた人たちだろう。言葉づかいもそれに相応していたことだろう。

「こんにちや、良《え》え潤《うるお》いでござりゃんすでござりゃんすなあ」と婆さんたちは、久しぶりに雨が降る日に人に逢うと、そんな言葉づかいで挨拶した。昔の農村だから挨拶言葉は稲や耕作などと関聯を持っている。

「おしまいでござりゃんすか。さまじいことでござりゃんすでござりゃんす」と小母さんたちは、梅雨で降りつづけるころ、日が暮れて人の家を訪ねたときそんな挨拶をする。

「こりゃ、危ねえど。早う降りて来んか。こりゃ、己《おどれ》あ己、何をそぎゃんことする。

こりゃ、己あ何処の子なりや。こりゃ、早う降りて来んと、引張り下して、どうづいてこますど」と爺さんは、近所の子供が柿の木にのぼって熟柿を食っていると、木の下にやって来て大声で叱る。

交通不便な田舎のことだから、文化文政のころの言葉をそのまま使っていたのだろう。

当時、粟根で新聞を取っている家は三軒しかなかった。何か新規な話を知りたい者は、その三軒のうちで行きつけの家に行って新聞を読んでもらう。すると読んでやる方は、お経を読むように抑揚をつけて朗読する。私のうちのお爺さんは三面記事など読むとき、悲しいことを書いた文章のところに来ると忽《たちま》ち泣声になって読むのであった。私はそれを見るのがいやであった。

江戸末期は文化文政から、天保、弘化、嘉永、安政、万延、文久、元治、慶応と続く。そして明治である。私が尋常小学校にあがったころは、天保生れの老人は現在の私ぐらいの年であったろう。こんな勘定の仕方を繰返していると、尚さら自分が年寄くさくなったような気分になる。

私は子供のころ病弱ではなかったと思っているが、医者の診断に従って八つで小学校にあがった。私が六つのとき父が亡くなったので、お爺さんやお婆さんやお袋が寄ってたかってそういう処置をとったらしい。遊び仲間と背戸の山へ遊びに行っていても、時間が来ると薬をのみに帰れと男衆が呼びに来るのでつらかった。

父が亡くなる前には、お婆さんはランプまたは行燈の明りのもとで炬燵にあたるとき、私をよく膝の間に入れて抱きながら昔噺をしてくれた。お婆さんの昔噺はお爺さんが話してくれる「かちかち山」とか「しゅてん童子」などと違って、昔この辺の村で起った実際の事件であった。お爺さんは喧《やかま》し屋で、お婆さんも喧し屋だが、昔噺をするときには話の種がまるきり違っていた。

お爺さんの昔噺は「むかしむかし、その昔、あるところに……」で始まって、最後に「……めでたし、めでたし」で終るのと、「……これで、やっこら一昔」で終るのと二つ種類があった。「かちかち山」や「舌切雀」は「……めでたし、めでたし」で終り、「しゅてん童子」や「牛若丸」は「……これでやっこら一昔」で終った。

昔噺のことを私のうちでは「むかし」と言っていた。「昔噺をして下さい」と頼むときも「むかし」と言えば意味が通じた。「むかしの何を話そうか」と諮かれたとき、「これでやっこら一昔の方を」と言えば、「しゅてん童子」か「牛若丸」を話してくれる。

お爺さんの昔噺の数は五つか六つに限られていた。それの繰返しだが倦きもしなかったのは不思議である。「しゅてん童子」を、私たち子供は「すってん童子」と発音した。

　お婆さんは昔噺をするとき、ゆっくり歌うような調子で話してくれた。長い物語だが、話してくれるのはいつも一つことだけで、附近の村々の者が饑饉《ききん》で難儀したときの事実談であった。今から思うに、この物語は地方的に語りつがれていた祭文か何かであったろう。

「ごんぼうや、ごんぼう、ごんぼうは要《い》らんかなあ。山芋や、山芋、山芋は要らんかなあ。近頃さっぱり、その声きかぬ。ごんぼう、山芋、一つもござらぬ。粟粒、米粒、一つもござらぬ……」

　冒頭はそんな文句で、天保時代の大困窮のとき、百姓たちが冥加金を取立てられて窮乏のあまり餓死する者が出る話であった。福山の城の留守居をあずかる遠藤弁蔵という大番頭が、二年の御年貢を取立てる指令を出したので、ますます百姓たちは立ち行かなくなった。それで数箇村の者が結束し、加茂村の川下の法成寺《ほうじょうじ》村というところの川原に十日も二十日も野宿して、寺の鐘を撞き鳴らし同類を呼びあつめ、大挙して福山城へ攻めよせた。

「うしろ鉢巻、竹槍に、立てたる旗は莚旗《むしろばた》。えいえい、おうおう、繰出して、どっとばかりに攻めよせる……」

もうその文句の大半を忘れたが、「城では大筒、打ち放つ。決死を誓いし一揆とて、大筒なんぞ怖くない……」というところを覚えている。

まさかと思うが、城では一揆に向けて実弾を打ったと云う。当時の大筒の玉は、弧を描いて飛んで行くのだろう。一揆は玉が飛んで来ると、わあと叫んで玉にあたらないように身を避ける。どうも三発か四発ぐらいは打ったらしいが、傷を受けた者は一人もなかったそうだ。

一揆のうちには智慧者がいたので策をめぐらして、東隣の岡山藩との国境の往還端に立札を立てた。

「このたび御公儀へ御願いの筋があるによって、われわれ福山藩領内の百姓どもは、畏れながら岡山藩御領内の往還通行の儀を御許し願いたい。お見逃がしのほど乞い奉る」

そういう意味のことを書いた立札であった。

これには江戸在勤の福山藩の殿様ばかりでなく、藩士たちも少からず閉口した。福山藩の殿様は、十万石でも譜代大名だから、江戸城中でも重要な役についている。往還端に立札などを立てられては、領内の見苦しいいざこざを山陽道通行の諸藩の大名衆に暴露して見せることになる。もう殿様は世間に顔向け出来なくなってしまう。藩主の恥は藩士の恥であり、その責任は藩士が負わなくてはならぬ。そこで一揆の心願は受入れられて立札は取除けられた。

私は日本の百姓一揆の歴史をよく知らないが、江戸時代に勃発した多くの一揆のうち、成功したのは幾らもないようだ。私が知っているうちで曲りなりにも本懐を達したのは、この福山藩の一揆と南部の八戸城を襲撃した一揆だけである。いずれも大がかりな百姓騒動であった。

天保の饑饉のときの話は私はお袋からも聞かされた。これは昔噺でなくて話のついでのとき、ひい爺さんから聞いた話として何度か同じことを聞かされた。おかげで私は子供のとき、昔からの日本のさまざまな年号のうち、「天保」という年号を一ばん早く知った。決して芳ばしい印象の持てる年号ではない。

お袋の話では、天保の饑饉のとき、沖の方の人が（川下の村のことを沖というが）私のうちの背戸にある樫の木の実を拾いに来た。ドングリの実と同じように水につけて渋を抜き、粉団子にして食べたそうだ。私は昭和の戦争で郷里に疎開中、背戸の樫の実を拾って庭鳥の餌箱に入れてみたが、庭鳥は不思議そうに首をかしげるだけであった。

天保の百姓一揆は、沖の方の二人の庄屋を首領に仰いでいた。参謀は何人かの浪人だが、この人たちは一揆が解散する際にどこかへ逐電してしまった。たぶんそのうちの一人と思われるが、浪人者が莚旗を立てた三人か四人の百姓を連れて、私のうちの近くの中田屋という家を襲ったそうだ。一揆はもう解散しても、行きがけの駄賃に、わいわい連を引きつれて飯でも食いに来たのだろう。

その連中かどうか知らないが、粟根よりずっと山奥の上下《じょうげ》というところの資産家のうちへ一人の浪人者と数人の百姓が辿りついた。折から加茂村の近くの八尋村から来て逗留していた琴の師匠の葛原勾当が、その家の娘さんに琴を教えていた。驚いた娘さんは盲目の勾当さんを背負って漬物倉に隠した。夜が明けてみると、漬物倉の土間にあった空の大甕のなかで浪人者が切腹して死んでいた。これは勾当さんの孫に当る童謡作家の葛原𦱳《しげる》さんから聞いた。

一揆の首謀者であった二人の庄屋さんは、騒乱の責任を問われて斬首の刑に処せられた。

私が小学校の二年生か三年生になるころまで、私のうちの近所に仁吉という老人がいた。不断は「仁吉ッつあ」と呼び、子供たちが陰口きくときには「天保銭」と仇名で云った。

この老人は九十歳あまりで亡くなったが、死ぬまで頭の髪を丁髷《ちょんまげ》に結っていた。頭のてっぺんがつるつるに禿げ、白毛が後頭部にほんのちょっと残っていて、それを申しわけばかりの小さな髷に束ねていた。白い蝶がとまっているように見えた。仁吉ッつあのうちには初老の倅が一人いたが、やもめ暮しで内も外も忙しく、老父の髪を結う手伝いなどしなかった。だから仁吉ッつあが、どうして頭の後側の髪を一人でこまかく細工できるか不思議であった。

仁吉ッつあは夏冬ともぼろぼろの野良着をきて歩いていたが、丁髷だけはきちんと結っていた。丁髷より他のことは万事問題にしていなかったのかもしれぬ。そのくせ子供たちが丁髷をしげしげ見ると機嫌を悪くした。そんなとき、人が呼びかけても返辞をしない。片意地な老人であった。「天保銭」と仇名をつけられたのはそのためだろう。

あるとき私は、仁吉ッつあが荒神様の裏の窪田さんの先祖の墓を拝んでいるところを見た。丁髷に墨か何か塗って黒く染め、いつもの野良着でなくて着物に印絆纏《しるしばんてん》のようなものを羽織っていた。珍しいことだと思った。

最近になってその理由がわかった。

仁吉ッつあは、若いころから窪田の老先生の駕籠《かご》かきを勤め、人力車が村にやって来るようになるまでずっと窪田家お抱えの駕籠屋であった。もともと力が強くて鯔背《いなせ》な男で義理固く、老先生にひどく私淑していたので命日ごとに墓参を怠らなかったそうだ。

窪田の老先生は次郎先生または草廬先生と云い、私が三つか四つのとき亡くなった。白い長い顎鬚を生やした老人であった。天保六年の生れで、京都の赤沢寛輔、播州の木梨村上民について医学、文学を学び、京都では絵師の富岡鉄斎と隣合せに住んでいて親交があった。鉄斎がまだ鉄崖《てつがい》と云っていたころである。だから鉄崖から贈られた道具類や書画が窪田家に残っている。

次郎先生の厳父は窪田亮貞と云い、長崎で楢林学哲に従ってオランダ人シーボルトに蘭法医学を学び、粟根に帰って開業されていた。この亮貞先生が文久二年に老衰で亡くなったので、次郎先生が帰郷して医業を相続し、明治三年、小学校の前身である啓蒙所を粟根に設立した。

次郎先生は地方産業や文化事業にも思いを致された。養蚕伝習所、田舎医生研究所、医師会の前身である地方開業医公会、小田県病院と医学校の創立など、先生の尽力は多方面にわたっている。その他、県自治政策の研究、県庁臨時議院の開会提唱、農村衰弊救農策など、さまざまなことに手を染めた。また岡山県の御用係としてコレラ病原因取調事務を勤めた。医薬分業も提唱した。晩年は岡山に移住し、バセドー氏病、照影望診法、日本住血吸虫による地方病の片山病、指圧術など研究した。日本の指圧法は先生が元祖だとも云われている。書画骨董、詩、俳諧、釣魚、彫刻など、いろいろのものを好んだ。

　私が子供のときからの記憶のうち、一等最初のものだと思われるのは次郎先生の葬式を見た記憶である。窪田さんのうちの太い幹の八重桜が満開で、多勢の人がその桜の木の下に立っていたのを覚えている。私は近所の七郎という人に背負ってもらっていたのも覚えている。先生は岡山の寓居で亡くなって、葬式は粟根でされたのだ。

　窪田家の人たちは老先生の歿後、みんな東京へ移住されたので、年月がたつうちに築山が荒れて、ジャングルのようになってしまった。この庭は福山藩初代の殿様であった水野勝成の構築にかかると云われている。この殿様は入国当時には神辺というところに城を持っていて、御用窯の姫谷焼の窯元へ行き帰りに窪田家に寄って休憩していたそうだ。若い頃は戦国武将だったから、殿様になっても馬を飛ばして来ていたのだろう。

2

姫谷焼は最近になって陶磁研究誌や図版の全集などで広く紹介されるようになった。好事家は興味をあおられていると思う。しかし伝世品が少いので少数の人のところにしか所蔵されていないそうだ。

去年（昭和四十四年）私は阿佐ヶ谷の骨董屋で、姫谷焼と明示した札のついている丼鉢を見た。十二枚で千五百円の正札がついていた。安いことは安いが贋だから買わなかった。一昨年も、日本橋の或るデパートの八階で催された民芸品即売展で、姫谷焼という札を貼ったシナ製と思われる色絵の小皿を見た。これも十二枚一組となっていた。それで「本当の姫谷焼かね。僕の郷里には姫谷焼の窯跡があるが、こんなに十二枚も揃ったのは見たことがない」と立番している若い骨董屋に云うと、

「私も実は、姫谷焼は平凡社の陶器全集の図版で見ただけです。実物は見たことがございません。本当の姫谷焼は私としては幻の焼物です」と案外あっさり云った。

「僕が中学生のころ、明治から大正になったころだが、京阪の道具屋の手代が僕の村へ姫谷焼を買い集めに来たものだ。そのころ古九谷が高くなったので、古九谷として売るために姫谷焼を買いあさって行ったそうだ」と云うと、

「では、大正の初期ごろの箱書で、古九谷としてあって少し腑に落ちない品のうち、素朴清純の図柄のものに本当の姫谷焼があるかもしれませんですね。いいことを聞かせて頂きました。今度から気をつけてみましょう」と云った。

こんな若い初心《うぶ》な道具屋でも姫谷焼にあこがれている。しかし私が子供のころでも、姫谷焼の色絵の皿は地方的には珍重すべきものとされていた。これの色絵の皿を所蔵している家は村の人たちから一もく置かれていた。縁談の話が持ちあがったときその点がはっきりした。

「あの家には、姫谷焼の錦手の皿があるそうだ。その上まだ、茶山先生の軸と松林先生の軸があるそうだ。ちゃんとした家がらに相違あるまい。大丈夫、あの家なら、うちの娘を嫁にやってもよい」

結婚の仲人は、そんな打明話をよく聞かされることがあったそうだ。

茶山先生というのは、文化文政のころ加茂村から二里東南の神辺で黄葉夕陽村舎《こうようせきようそんしゃ》という塾を開いていた漢詩人菅茶山である。森鷗外の史伝「伊沢蘭軒」や「北条霞亭」を見れば詳しく知れる。鷗外は茶山先生の塾を実際に見て来たように生き生きと書いている。頼山陽も茶山先生のところに来て教えを受け、菅家へ養子に入ることになっていたが、山陽はソウウツ病のためときどき法螺吹きで無軌道だったので入籍の話は沙汰止みになった。北条霞亭は晩年の茶山先生の講義を手助けするために、教頭として神辺に来ていた詩人である。霞亭の書は美しい。それよりも茶山先生の楷書はまだ美しく、草書には汲めども尽きぬ風韻がある。

松林先生は幕末のころ福山に住んでいた画家藤井松林である。京都で修業して来たということだが、有名な景文よりも筆がしっかりして狂いのない絵を描き残したので、明治になってから骨董屋が松林の名前を景文にすりかえて高価に売り買いするようになったそうだ。

この松林と茶山と姫谷焼は、それを所蔵する家の格式を象徴する。茶山や松林の偽作は多いが、偽作であっても落款が茶山であり松林でありさえすれば、所有者は何の支障もないのであった。

姫谷焼の窯については歴史がはっきりしない。村上正名著「備後のやきもの」によると、姫谷焼の陶工は市右門と云い、備後の初代藩主水野勝成に扶養を受けて姫谷で窯を焼いていた。勝成は元和元年、神辺に入城し、次に福山城に移って慶安四年に亡くなった。市右門は寛文十年に亡くなったが、後つぎがない。市右門が窯場で働いたのは、元和年間以降、慶安四年あたりまでのことか、または寛文十年ごろまでの間であったろう。それ以外のことは記録にない。信ずべき伝承もないから謎であるそうだ。

私は尋常二年か三年のころ、お爺さんに連れられて姫谷焼の窯跡を掘りに行った。（このときのことを、お爺さんは帳面に書き残しているが、後年になって私はそれを読んだので詳しいことを覚えている。また、私はこのときの見聞を、後になって「谷間」という作品に取入れた）私はお爺さんと熊手型の手鍬と草取籠を持って、草取籠に煎餅や弁当を入れ、木坂という急な坂をのぼって行った。

坂をのぼりきると眺望がひらけ、遠くに瀬戸内の海が見え島が見えた。ここからが高原だから道は割合平らになって、片方が赤土の松山、片方が棚田か段々畑のところが多い。

お爺さんは窯跡を掘る前に、その地所の持主のところで発掘の許しを受け、その家のお上さんに私のことを骨董が好きな孫だと云った。真赤な嘘である。お爺さんは自分で古道具が好きだから一人ぎめで私もそうだと思いこんでいた。私が六つのとき写真をうつしに初めて福山の町へ連れて行ってくれたときも、写真屋へ寄るより先に骨董見物のため福山城の伏見櫓へ連れて行った。私は天守閣の方へ先にのぼりたかった。

伏見櫓は水野勝成が福山に築城のとき、折から徳川将軍の命令で取毀されていた伏見城から移築した三層の櫓である。豪壮なうちにも華麗な様式の建物だと云われている。この櫓のわきに、時の鐘を鳴らす太鼓櫓があった。そこの年をとった鐘撞男が、倉の鍵よりまだ大きな鍵で伏見櫓の重々しい扉を明け、入場料をとって私たちをなかに案内した。入場料は二人で一銭である。私は一銭銅貨と二銭銅貨の区別を知っていた。

櫓のなかは黴くさい。明りが塗籠の太格子の小窓から射すだけだからほの暗い。陳列された骨董は、元福山藩士たちの鎧兜、刀剣、弓、種子島など戦争道具のほかに、陣笠、陣羽織、馬の鞍《くら》、軍配団扇、鳶口《とびぐち》、寄棒、十手、火事装束、掛軸、掛額など、その他いろいろである。一階から三階までずっとそんなものを並べて、いちいち売値を書いた札をつけてあった。

お爺さんは三階まで下見をして、短筒と馬鞭《ばべん》を買った。私には矢鏃を一つ買ってくれた。これは柳の葉のような形をして、桜の花びらを形取って小さく一つ透彫《すかしぼ》りにしてあった。後年、桜透しの柳葉の矢鏃と教わった。短筒は、しゃくじょうが木製で、筒に扇形の紋が銀で象嵌《ぞうがん》されていた。

私たちは伏見櫓の次に五層の天守閣にのぼった。観覧料は一人二銭である。五層目までのぼったことは覚えているが感想については覚えない。

城見物がすむと、福山の通町というところの踏切で汽車が通るのを見た。生れて初めて見る勇ましい汽車だから、機関車の凄さやピストンの怪しい動きに感嘆のあまり口もきけなかった。

写真は浜の原写真館というので写した。これも生れて初めてのことである。私は古ぼけた厚い革表紙のブックを持たされて、うしろに立てられた鉄の支柱で頭が動かないように盆の窪を緊《し》めつけられ、

「じっとして。一二三四と云うまで、じっとして」

写真師のこの声で茫然たる思いのうちに写された。帰りはお爺さんにだっこされて人力車の上で眠った。

お爺さんは私を可愛がってくれた。父親を失った三人兄姉の末っ子だから不憫に思っていたらしい。何かにつけて兄や姉などよりもずっと私の方に贔屓《ひいき》した。いつか朝顔型のラッパのついた蓄音器を町で買って来て私たちに鳴らさせたが、兄や姉が鳴らす音は大してよくないようだと云っていた。私が鳴らす音にじっと耳を傾けて、

「やっぱりフミオ（兄）よりも、マスジ（私）の鳴らす方が音が良《え》え」

訪ねて来る人にもそう云っていた。

3

私の父は岡山県後月《しつき》郡西江原村、大山寿久平の弟で郁太と云った。つまり父は入婿

で母が家つきだから、何かにつけて舅《しゅうと》の掣肘《せいちゅう》を受けていたようだ。当時の私の在所では婿は肩身の狭いもので「小糠三合あったら婿に行くな」という含蓄に富む俚諺があった。

私の祖父は父のことを「郁」または「郁太」と呼び、そのころ近所の農家で貰った婿を呼ぶときには名前を呼ばずに「婿サ」と呼んでいた。入婿して五年六年たったころでも「婿サ」と呼ぶので、私のお袋が「もう婿サと云わん方が良いでしょうが」と諫《いさ》めていた。婿はつらいものだという印象が深い。

父は世間とのつきあいも自分の子供の躾かたも、すべて祖父の云うままにしていたのではないかと思う。私は三人兄弟だが（兄、姉、私の順で、弟は私が六つのとき亡くなった）私たちは三人とも両親を呼ぶのに「オトウサン」「オカアサン」と云わないで、「トトサン」「カカサン」と呼んでいた。天保生れの祖父の好みの現われだろう。いくら旧弊な田舎でも、私の知る限りどこのうちでも「トトサン」「カカサン」と親を呼ぶ子供はいなかった。これは古風な言葉というよりも死語である。

この言葉づかいのことで、昭和十三年頃、私は或る雑誌に自分が子供のころ閉口していた経験談を短篇に書いた。「『槌《つッ》ツァ』と『九郎治《くろッ》ツァン』は喧嘩して私は用語について煩悶すること」という長い題である。

子供のころの煩悶は、何十年もたつと懐しいものと、そうでないものに分れる。私は父が生きているころまでは、人前でも平気で「トトサン」「カカサン」と云っていた。小学校のときにも「カカサン」と呼ぶのが気にならなかった。ところが中学校へ入って寄宿舎に住むようになると、たまに家に帰ってもお袋のことを「カカサン」と呼べなくなった。「オカアサン」と呼べばいいわけだが、今さら急に新規に転向できなかった。病気を治すのは医者へ行けばいいが、使いなれた用語を改めるには大決断が要る。旧弊を改めようとしない性情は自分の祖父そっくりだと思っても、旧弊な家に生れたのだから已むを得ないと諦めるようになった。久しぶりに家に帰っても、「あのう、只今帰りました」とごまかすようになった。

今では私の郷里ではどの家でも、子供たちが殆どみんな「オトウサン」「オカアサン」といっている。「パパ」「ママ」と呼ばしている家もある。

私が小学六年生のとき、土居先生といって広島の師範学校を出た先生が、赴任早々に村の子供の用語について統計を取った。私の村では両親の呼びかたにも差別的な用語があったので、よそから来た先生は民俗学的な興味か何かで調査したのだろう。

そのころ村では各戸とも、その家の戸主の見識に従って両親を呼ぶ用語が違っていた。「トトサン」「カカサン」と云うのは別として、地主や山持ちなどの家の子は「オットサン」「オッカサン」と呼び、自作農とか村会議員などの家の子は「オトッツァン」「オカカン」と云った。小作農の家の子は「オトウヤン」「オカアヤン」と云い、小前の家の子は「オトッツァ」「オカカ」と云っていた。耕地の狭い村だから、地主といっても暮しかたは自作農と大して変らないが、江戸時代の風儀を踏襲し、階級、身分というものに重きを置いていた。封建的なことであった。一方、義理、人情ということにも重きを置いていた。たとえば火事を出すと、ポンプがないので丸焼けだが、部落じゅうのものが資材を持寄って家を建ててやる。その代り火元のものは、三代にわたって部落の人に頭があがらない。葬式を出すよりも火事を出す方が災難として大きいと云っていた。

私の村では子供の名前を呼ぶのに、その子の親の暮し向きの良し悪しで差別をつけた呼びかたをした。兵隊同士が名前を呼ぶとき「何々少佐殿」とか「何々二等兵」とか云うようなもので、面倒だが誤って呼んでは具合が悪い。「何々ちゃん」と呼ぶ東京の子供のように統一された呼びかたをしなかった。

大人同士の場合は少しまた複雑であった。大人が正式に大人を呼ぶときは相手の屋号を呼ぶのだが、名前の先に置く感動詞にその場の自分の心情を盛りこませている。「おい平田屋」とか、「こりゃ、己《おどれ》あ、己、橋本屋」とか「あのなあ、ちょっと上田屋」とか呼びかける。それが親しい仲で気軽に呼ぶときは、お互に子供のころ呼んでいた通りの差別的な呼びかたをする。どこまでも封建的な風儀が残っていたわけだ。貧乏を怖がる風儀が強い。土地がらかもしらないが、貧乏すると人格まで否定される怖れがあった。

地主や山持ちの家の子は「何々サン」と呼ばれていた。自作農や土蔵が一棟ぐらいある家の子は「何々ツァン」と云われていた。小作の家の子は「何々ヤン」または「何々ツァ」と云われ、ずっと貧しい家の子は「何々サ」と呼ばれていた。「サン」「ツァン」「ヤン」「ツァ」「サ」の順である。

貧富の差によって、名前の呼びかたに上中下、または中の上、中の下といったような区別を持たしていたわけだ。ところが「サン」「ツァン」「ヤン」と、初め誰がその子を呼びわけたのか誰にもわからない。そこが頗る微妙なところである。とにかく誰が云いだしたともなく定められてしまう呼びかただが、その子の親はいくら不服でも子供が学齢に達するころまでにはそれを認めてしまう。選挙運動ならともかくも、自分の子の呼びかたで近所のうちを戸別訪問したら一生の物笑いにされる。慣習が無言の大きな力を持っていた。

私の村で行商人や旅まわりの職人など呼ぶときには、その職業名に「サン」をつけていた。これだけが東京と同じであった。「やね屋サン」「富山の薬屋サン」「大工サン」「いかけ屋サン」「いいだ（桶屋）サン」「さかな屋サン」といった具合である。ところが私の村よりまだ辺鄙な山奥から来た人には、たいてい「サ」をつけて呼んだ。奥の村から来た人は村会議員でも山持ちでも「奥ッサ」で、盲目の女だが有名な琴の先生でも「ごぜ（瞽女）サ」であった。

あの当時、山奥のものはどうして里のものから軽蔑されたのか、その理由がわからない。山奥の子が私たちの村の往還を通って行くのを見ると、私たちは声をそろえて「奥ッサ、奥ッサ」と囃したてた。しかし上には上があり下には下がある。私たちが福山の本屋へ教科書や筆を買いに行くため、数人づれで沖の方（川下の方の村）へ出て行くと、そこの子供たちが「奥ッサ、奥ッサ」と私たちを囃したて、私たちの小学校のことを「ギイスカゴ、ギイスカゴ」と囃して石を投げる子もあった。主に、中津原というところと横尾というところの子が私たちをいじめた。

「ギイスカゴ」は螽蟖《きりぎりす》を入れる四角い麦藁籠で、こまかい目のものなら螢籠にすることも出来る。私たちの小学校は、私が三年を修了するころまで四教室になって、白壁づくりで黒くて太い縦格子に障子のはまった窓がついていた。岡の上にぽつんと建って、遠くから見るとギイス籠に似ているようであった。

村には本屋も文房具屋もなかった。学校では教科書や筆など売ってくれないので、学年末の休みに同じ組の者と誘い合せて福山の町の本屋へ買いに行かなくてはいけなかった。うちのお爺さんは月に一回くらいは福山の骨董屋へ出かけ、「横尾の飴」というのをよく土産に買って来たが、教科書だけは買って来てくれなかった。私も教科書はお爺さんに買って来てもらいたくなかった。教科書は神聖なのであった。一年生のとき受持の山手先生が、読本は恭しく押し頂いてから明けるものだと教えてくれた。それで私たちは授業の始まりのとき読本を押し頂いてから明けた。習字手本も押し頂いてから明けた。

教科書は尊いものだという観念が生徒全体に行きわたっていたようだ。そのくせ私たちは放課後に教科書を机のなかに入れっぱなしで帰って来た。五年生のころまでは家で予習復習することなど思ってもみたことがない。学校から持って帰るものは、先生に採点してもらった綴方と習字よりほかには何もなかった。

そのころ福山の町に歩兵第四十一聯隊が置かれることになって、どこからか一とまとめにごっそり移って来た。よく覚えないが、その大集団が福山に入った当日は、私の村の小学校でも全校生が出向いて歓迎したのではないかと思う。今、記憶に残っているのは、

○私たちは手に手に紙の日の丸の小旗を持って、兵隊たちが来るのを待って道端に立ちつづけたこと。

○背嚢を背負い剣附鉄砲を担いだ兵隊が、四列縦隊で勇ましく通りすぎたこと。

○兵隊がお揃いの服を着て、みんな帽子の顎紐をかけていたこと。

○兵隊の姿は絵本で見るのとそっくりであったこと。

○兵隊の足並そろえて地を踏むお揃いの靴が、ごつかったことと、靴音が悲愴な感じをそそったこと。

あらかたその程度のことで、そのほかは記憶にない。聯隊長も陣頭にいたのだろうが、乗馬の軍人を見た記憶がない。

福山に聯隊が来てからは、毎年秋の招魂祭になると兵隊屋敷の練兵場に見世物小屋が掛けられるようになった。私の祖母は、兵隊の行進するところやラッパの音が好きなので、招魂祭を見物に行って屋台店で買って食った樽柿に当てられ、腸カタルになって寝込むようになった。私はお婆さんの病気がひどいと思っていなかったが、ある日、学校へ行っている間に亡くなった。私が三年生のときであった。

お婆さんは村の氏神様の祭日に、私が小遣をねだると五銭だまを一つくれた。赤い模様のついている小さな巾着から取出して、「へい（はい）」と云って、私の手の平に五銭白銅を一つ載せてくれる。それがおきまりであった。一方、お袋の方は私が中学を卒業するまで、いっさい小遣をくれなかった。いつか近所のお喋り屋の小母はんが、「あんたのお母はんは、家つき娘じゃけん、へそくりは持っとられんのですらあ」と私に云ったことがある。或いはそうかもわからない。

　お婆さんが丈夫だったころには、私はお爺さんとお婆さんから小遣をもらい、お婆さんが亡くなってからはお爺さんからもらった。（後年、お爺さんが私の兄貴に家督を譲ってからは兄貴がくれた。これは義理でくれるのだから滋味がなかった）お爺さんはお祭の日には二銭だまを一つしかくれなかったが、嬉しさは二銭でも五銭でも同じことで、それを手に握りしめてお宮へ急ぐ足どりは弾みがついたものだ。一度、私がお爺さんに誘われて一緒にお祭見物に行ったときには、珍しく五銭だまをくれた。

　お婆さんが亡くなってからは、お爺さんは毎日夕方になると仏壇に向ってお経をあげ、夕食後は、十六歳の年から書き続けているという日記をつけた。或るとき日記をつけ終り、

「ああ有難い、今日も無事に日が暮れた」と一人ごとを云うのを聞いた。いつにない上品な文句を聞いたような気持がした。何かそこに駆引があって云ったのではないかという気持もした。また或るとき、

「この家が、もし金を蓄めるなら、今ごろが汐どきじゃ」と云うのを聞いた。これは日ごろ倹約好きなお爺さんにぴったりした文句のようである。いずれにしてもお爺さんは、お婆さんを亡くした傷心も薄れて心に安らぎを覚えるようになっていたのだろう。

　波乱のない日がずっと続いていた。ところが尋常五年になって、私は遊動円木で左足の皿を割って長いあいだ学校を休んだ。お爺さんは肝をつぶして氏神様に願かけした。多四郎という男衆に、亀を一ぴき買って来させ、朱墨を膠《にかわ》に溶かして亀の甲羅に私の名前を書いて生年月日を記し、「大願成就」と書いてお宮の池に放った。天保生れの老人だから本気になって願がけをする。私もお袋も反対したが聞き入れなかった。

　私はうんざりした。亀の放流はこれで二度目であった。前にも私が熱を病んで臥ていたとき、お爺さんは亀の甲に朱色の膠で私の名前を書いてお宮の池に放った。私は学校の行き帰りの途中、お宮の池でその亀を見るのが学校友達に恥ずかしかった。もともと私は、お爺さんの古めかしいお家流の字からしてきらいであった。

　お宮の池は船型に深く掘りさげられ、ぐるりを石垣で築かれて、池水のおもてに盥《たらい》を伏せたような形の石が二つ顔を出し、夏になると、その石の上に何疋もの亀が群がって甲羅を干している。私の名前を書かれている亀は、大きくもなく小さくもないが、背中に朱色の文字があるから目につきやすい。私は池のほとりを通るたびに、友達がそれに気がつかないように心に念じていた。幸い文字が小さいので、私の名前だと判読する者はいなかった。

その亀は二度目の夏には姿を見せなくなった。ほっとしたことであった。ところがまたもや私の名前を背に乗せた亀が誕生したのであった。

その翌年の夏、「大願成就」の亀はお宮の池に姿を見せなかった。私は口をぬぐってもらったようなものである。お爺さんの前では亀のことについて触れなかった。

4

この年（明治四十三年、十二歳の年）或る夜、私のうちに強盗が来た。私がお袋に揺り起されたとき、

「明けろ、戸を明けろ」と、確かに雨戸の外で押し殺したような声がして、「何者じゃ。きさまは、何者じゃ」と手燭を持ったお爺さんが云った。行燈の明りもついていた。

「明けろ、戸を明けろ」

「何者じゃ。夜更けて、何者じゃ」

「こら、文句を云わねえで、早く明けねえか。さっさと明けろ」

お爺さんと外の賊は、雨戸一枚を隔てて向きあっているような気配であった。お袋は無言のまま、強い力で私と姉を真暗がりの板の間の方へ引張って行き、

「よいな、どんなことがあっても、絶えて出て来ることならんで。よいな、絶えて声を出すことならんで」と私に耳打ちして、手さぐりで動く私と姉を板の間の床下にもぐり込ませ、

「七郎サァ、おおい七郎サァ、来てくれえ」と、お袋はいきなり声を張りあげて、水甕のわきの格子窓から助けを求めた。外がしらじらと明けかかっているのが床下から見えた。

「七郎サ」というのは、私のうちのすぐ下の前土居屋の戸主である。幼いときの私を負んぶしてよくお守してくれた。背が高くて力持ちで気転がきくが、おとなしすぎるたちだから強盗などに立ち向わせるべき人ではない。それでもお袋は必死に声を張りあげて、

「おおい、七郎サァ。マンデー屋（前土居屋）の七郎サァ、来てくれえ。おおい、マンデー屋あ」と金切声をあげた。

私は姉と並んでしゃがんでいた。寒くないのにお互にがたがた震えていた。

床下のこの場所は土間つづきの焚木溜になって、焚附用の松葉を入れた竹籠のほかに薪や粗朶《そだ》などが置いてある。そこよりも土間口に近い床下にある芋壺に隠れた方が安全だが、身がすくんで口をきくことも這って行くことも出来なかった。芋壺は広さ二畳敷、深さ六尺、籾殻《もみがら》を入れて新芋を囲ってある。

お袋は相変らず大声で、向うの往還を歩く人と話しあっているかのように、

「マンデー屋あ、半鐘を撞いてもろうておくれえ。早う下陣屋へ云うて、半鐘を撞いてもらうておくれえ」

そう云って襖を手荒くしめる音をさせ、

「もう大丈夫、マンデー屋へ聞えました。下陣屋へ頼んでもらいました」とお爺さんに云った。

後で聞いてわかったが、これは賊に聞かせるための作りごとであった。賊はそれを真に受けて逃げて行ったらしい。お爺さんが戸の外の賊に声をかけても受答えがなかった。賊の声の代りに、暫くすると土間口の方でマンデー屋の声がした。

「お早うござりゃんすでござりゃんす。お早うござりゃんす」

「やあ、よう来てくれた。今、賊が来たんでのう」と云うお爺さんの声と、雨戸の明く音がした。

私は床下から出て行って、土間口の戸を明けた。

私の生家は田舎の昔風の建物で縁側が雨戸の外についている。大工はこの形式のものを落縁と云う。だから縁側に賊の土足の跡がついていたが、地下足袋の裏の渦巻型の筋がはっきり写り、その足跡の数は五つか六つにすぎなかった。時間的には賊が大してねばらなかったことがわかる。

その日、学校へ行くとき、前日の雨で洗われた道に、同じ手の地下足袋の足跡がついていた。

噂は早く伝わるものだ。私のうちに強盗が来たことは、その日の朝のうちに学校の教員室にまで伝わっていた。朝礼が終ったとき、私は受持の先生に呼ばれ、

「ゆんや（昨晩）は、きょうとかった（怖かった）ろうのう。しかし元気をもて。勇気を出せ」と労《いたわ》られた。

その日、私は掃除当番だったが、受持の先生が当番順をずらしてくれてみんなと一緒に帰らせた。

家に帰ると、縁側の土足の跡はまだそのままで、御難《ごなん》見舞に来た人たちが板の間に集まっていた。巡査は午前中に来たということだが、夕方またやって来て縁側の土足の跡を手帳に絵で描きとった。地下足袋の跡の寸法と足先の向き工合も記し、足袋裏

の渦巻型の筋も念入りに描いた。巡査の佩剣《はいけん》の紐に白い手袋がぶら下げてあるのがハイカラに見えた。佩剣のことを私たちはサーベル刀と云っていた。

「犯人は、えろう外股のようですのう。地下足袋は特大型でありましょうな」と巡査が云った。

巡査は地下足袋の足跡で犯人の目星をつけようとした。そうだったろうと思われる。この村にも、隣の村にも、地下足袋のような最新式の履物と関係があるものは一人もない。野良や山仕事に行くものは、夏には素足に手づくりの藁草履をはき、冬には底のない刺子足袋に手づくりの草鞋《わらじ》をはく。当世流の地下足袋をはくものは、この辺では広瀬村の刈光というところの銅山の鉱夫より他にない。その地下足袋の裏には渦巻型の筋がついている。

刈光の銅山は二年前か三年前、山の中腹に発見された新しい鉱山で、物凄く優秀な銅鉱を出し、ときどき銀鉱も出すようになったと云われていた。間もなく大阪の大会社の経営に移り、鉱山技師や、監督や、その家族や大勢の鉱夫など、みんな人力車に乗って村の往還を通って刈光へ行った。その人力車の行列が通るとき、私たちは駈けつけて行って見物した。

人力車は百六、七十台も続いて通った。福山の駅前から出発したということだが、福山の人力車だけでは数が足りなくて、笠岡、神辺、松永、鞆、尾道など、諸所方々から前もって福山の駅前に駆集めてあったそうだ。私の村としては、百何十台もの人力車が繰込んで来たのは空前絶後のことであった。

私は学校の遠足で一度この銅山を見物した。急な山の中腹で、そこから上が三つか四つの峯に分れている場所に、坑道の大きな口が幾つかあった。掘出した鉱石は乱雑に積まれて道に転がり出ているのもあった。私と同級の或る一人の子が、転がり出ている大きな鉱石の上に立って、学校で習いたての校歌をうたいだした。最近から歌われるようになった校歌である。

天神山のいや高く
加茂の流れのいさぎよく
励みに励め行いを
勉めに勉め……
(次を思い出せない)

ところが、その子供はいきなり一人の鉱夫に怒鳴りつけられた。

「こら、止せ止せ。この野郎、止さねえか」

見ると、その鉱夫はにこにこ笑っていた。鉱夫は鉱石を大事にする「かたぎ」を持っていることがわかった。

この遠足の帰りに私は気がついたが、川の石は鉱毒のためすっかり緑青色になっていた。山麓の一軒の農家のわきで、酔っぱらいの鉱夫がタジンコ（いたどり）を手に持って石垣の上に腰をかけ、その男の足の下を通る私たちの首をタジンコの先でくすぐった。この男の地下足袋の裏に渦型の筋がついていたが、それより前、私は、子供仲間の噂で刈光銅山の鉱夫の地下足袋の裏には渦型があるのを知っていた。足跡を調べに来た巡査には、そのくらいのことは充分にわかっていた筈だ。

話は別だが、私たちの小学校の校歌は悪くない。文句もいいし節もいいと私は思っていた。ところが中学に入って寄宿舎に入りたてのころから疑念を持つようになった。私と同時に中学校の寄宿舎に入った北山有次郎という一年生が、寄宿舎の前の庭で校歌を歌いだした。すると広島の附属小学校を出た長谷川卓郎という一年生が、北山と合唱をやり始めた。文句も節も同じだが、ただ「天神山」とか「加茂の流れ」とか固有名詞だけ違っていた。歌が終ると北山は、自分の方が正しいと云い、長谷川は長谷川の方が正しいと云って、もすこしのことで喧嘩になりかけた。私はどちらが正しいか知らないので、仲裁に立つすべもなかった。無論、よその小学校を出て来たほかの生徒たちは口を出すことが出来なかった。どちらが正しいかいまだに私にはわからない。

　話をもとに戻したい。

　巡査は帰りぎわに、縁側の土足の跡はもう拭きとっても差支えないと云った。

　お爺さんは巡査に、賊は江戸言葉をつかい居ったによって、相当に学問したのに縮《しく》尻《じ》った男の成れのはてかもしれぬと云った。巡査も、「戸を明けろ」とか「文句を云わねえで、早く明けろ」とか、これは純粋な東京弁だと云った。二人とも強盗は刈光銅山の鉱夫だと目星をつけながら、それをお互に口に出しかねていたらしい。お爺さんは後難を恐れていたようだ。

　そのころ私の村では、大阪風の言葉を「里の言葉」と云い、東京弁を「江戸ッ子」と云っていた。だから、私と「江戸ッ子」との結びつきを云えば、「明けろ、戸を明けろ」という東京言葉に最初の出合いを得たわけだ。または、それより前に刈光銅山で聞いた「この野郎、止さねえか」という東京弁が最初のものということにしてもいい。いずれにしても東京弁に対する私の最初の印象はよくなかった。当座は暗がりの道などで「明けろ、戸を明けろ」という言葉を思い出すと薄気味が悪かった。その後もずっと感じの悪い言葉であった。そのくせ、後数年たって中学を卒業し、その年の八月、初めて上京するときには、自分は一日も早く東京弁を使いこなせるようになりたいと思っていた。

私は大正六年八月下旬に初めて上京した。その東京行の汽車のなかで、幸い差向いの席に東京弁を使う紳士がいた。その口のききかたに私は気をつけた。言葉の抑揚、助詞の「ね」の使いかた、感動詞としてのそれの使いかた、それの配置の仕方など、早く会得しようと心がけた。

この紳士は神田のアクツ病院の医者だと云った。（今でもその固有名詞を覚えている）東京生れの人らしく、にこにこしながら、歯切れのいい言葉でどっさり話しかけてくれた。おかげで私も悟るところがあった。言葉は片っぱしから暗記するに限るのだ。先ず発声の上では「シ」と「セ」の使いかたが難しい。「先生」というのも、今まで私の云い慣わしていたように「シェンセイ」でなくて「セ」を透明な感じに発音して「センセイ」である。この場合、「セン」にアクセントをつけてはいけないのだ。「銀座」というのも、今までのように「ギン」を高くしないことだ。「松平さん」は「マツ」にアクセントをつけること。「碁」は今までのようにｇｏのｏを下げないで、ｇｏｔの発音の要領でｔを抜かせばいい。私はアクツ病院の医者に心から感謝した。

東京駅に着いて降車口に出ると、客待ちの車夫が四人か五人、饅頭笠に黒い半パッチをはいて蹴込に腰をかけていた。ただ一人、啣《くわ》え煙管《ギセル》で天神様のように蹴込に坐りこんだのがいた。この天神様の車夫が、いきなり威勢よく私に声をかけた。

「旦那、参りましょう。お安く参ります」

その歯切れのよさに私はびっくりした。同時に、今まで張りつめていた気持に水をかけられたような心地がした。この大東京では車夫馬丁でさえも歯切れのいい東京弁を使う。このぶんでは、こちらが幾ら足掻いても車夫馬丁にも追いつけまい。

私はその車夫の俥《くるま》に乗って、

「東京弁のことなんぞ、もうどうだってよい。蛙の子は蛙の子じゃ」と考えた。だが、豁然《かつぜん》として悟ったというような爽やかなものではない。しぶしぶながらそう思った。

初めて見る東京の街路は、福山近辺の本当の土色をした道路と違い、土の色が黒すぎながら、げっそり艶が褪せていた。（当時は、東京の道路は舗装してなかった）そういってはよくないが、ことに東京の場末のぼか土の道は大地として信用できかねた。こんな地面には容易に馴染めそうもなかった。

車夫は私には印象のよくない地下足袋をはいていた。他のところは福山近辺の車夫と同じように、饅頭笠に黒い絆纏、黒い半パッチである。車の曳きかたは東京の車夫の方に無理なところがないように見えた。福山近辺の車夫は恰好をつけすぎて、必要以上に足を後ろに跳ねあげながら走る。煩手を労するやりかたである。

今から見ると、私は「旦那、参りましょう」の「旦那」の一語で、ぎくりとさせられたのではなかったかと思う。生れて初めてその言葉で呼びかけをされたのだ。しかも私が東京に出て来て初一番に聞いた一語である。

5

話をちょっと前に戻す。

中学の入学式がすむと、先に荷物を送り届けて置いた寄宿舎に収容された。自宅から通学できないものは、校則としてみんな寄宿舎に入らなければならなかった。瀬戸内の島から来た生徒、山峡の町から来た生徒、落第して原級に残った生徒、山奥の高原の村から来た生徒、忠海とか三原とか海辺の町から来た生徒など、新入生は三十人あまりいた。それが畳敷の部屋に四人一組で入れられて、三年生の室長が配属された。それを取締る舎長は二人の四年生で、その上に舎監が四人いて、舎監長がいた。舎則の大体は、話に聞く軍隊式に近いものであった。

私たちの室長は、府中という町から来ている秀麗な顔の人で三好さんと云った。胃拡張だとのことで、毎朝、ゴム管を苦もなく呑みこんで胃のなかを水で洗っていた。私たちが無作法なことをしても見て見ぬふりをして、暇さえあれば英語と数学の参考書を読んでいた。

この中学は評判の悪くない学校だと云われていた。福山中学といって、幕末のころ福山藩主の創立した誠之館という藩校の後身である。私たちが卒業して後、師範学校の跡の校舎に移り、誠之館中学と名前を変えた。戦後は誠之館高校と変更した。昭和四十五年、校舎が別の広々としたところに建てられて、十一月十五日に落成記念祝賀会が催された。

この学校の現在の校歌は知らないが、最初の校歌は私たちが二年生か三年生のころにつくられた。作詞は樋口慶千代先生といって当時の国語の先生である。ところが作曲する先生がいなかったので有り合せの曲を借りることにして、全校生を二組に分けて中原先生という体操の先生のタクトで大講堂で合唱の練習にとりかかった。（学課のうちに唱歌がなくて学校にはピアノもオルガンもなく、他の楽器もなかった）謄写版刷の歌詞が全校生に配られた。

中原先生は厳格この上もなくて徒手体操がうまかったが、音楽のことは何ひとつ知らなかった。「ド、レ、ミ、ファ、ソ、ラ、シ」と云うのを「ヒ、フ、ミ、ヨ、イ、ム、ナ」と云った。上級生たちの噂によると、私の入学する以前、ある年の紀元節か何かの祝日に大講堂で式を挙げた。無論、校長をはじめ職員一同も列席した。その式次第一番の「君が代」合唱のとき、中原先生が祭壇のわきに出て「気をつけ」の号令をかけ、「君が代の合唱。僕の音頭に従って、いっせいに合唱」と前置きして、楽器がないので、「フ、ヒ、フ、ミィ……」と口で云った。

「フ、ヒ、フ、ミィ……」は「レ、ド、レ、ミィ……」の古言調である。当時としても可笑しな云いかただ。厳粛であるべき式場で云うべきではない。だから合唱が始まろうとする瞬間、一年生の一人の子がぷっと噴きだした。生徒たちは合唱をはじめたが、規馬先生という校内勢力家の先生がその生徒のところへつかつか歩いて行って、無言のままその子の耳朶をつまんで外に引張って行った。おまけにその子に退校を云い渡し、その子の行為は不敬罪に該当する故をもって退校に処すと、自分で書いて自分で掲示場に貼った。

その生徒は実際に退校になった。規馬先生の独断専行というものだが、不敬罪に相当すると云われては、校長も教頭も論破することが出来なかったという。

中原先生は厳格だが好人物だと云われているにもかかわらず、なぜその子を庇ってやらなかったろう。規馬先生の怖さに畏れをなして庇ってやれなかったのだろうか。その子が失笑したのが不敬罪なら、中原先生の「フ、ヒ、フ、ミィ……」という発音も不敬罪に当る。

この話は上級生から下級生に、時を追うにつれ次々に語りつたえられていた。生徒によっては、馬鹿な一年坊主がいたものだと云った。規馬先生がつかつか歩いて行って、物をも云わず耳をつまんで連れて行ったのは、しんとした場所がらを心得た冷静沈着な行為だと云うものもいた。校長が赴任早々だったから負けたのだというのもいた。いずれにしても退校にされた子は、腹の立てついでに中原先生の音楽の素養のなさをいまいましく思ったろう。

校歌を練習するときには犠牲者を出さなくてすんだ。やはりピアノもオルガンもなく、タクトを振る中原先生も唱歌なんかうたえない人だったので、そのころ流行していた一高寮歌の有名な歌曲を真似て歌えと云った。「ああ玉杯に花うけて」という歌の曲であった。

そのころは放歌高吟する生徒が多かったので、先生が「一、二、三」と云うと、みんな謄写版刷の歌詞を見ながらうたいだした。私はそのころも歌は駄目だったが大声を出してうたった。題名は「広島県立福山中学校校歌」である。

今、その歌詞の大半を忘れているが、次のような一節があったのを辛うじて思い出した。

………

良徳公の創設に
烈公名づけし誠之館
語りて栄えの歴史あり
………

良徳公というのは、幕末のころの福山藩主阿部正弘である。伊勢守と云った。烈公というのは、同時代の水戸藩主徳川斉昭である。つまり幕末のころ老中阿部正弘の幕政補佐をしていた水戸斉昭が、自分は弘道館を創設し、親交のある阿部正弘の創設した藩校の名附け親となったわけだ。この二人は政情不安な時代に協調提携して幕政を改革しようとしたが、成果が揚がらないうちに政敵井伊直弼一派の溜間《たまりのま》詰《づめ》諸侯に追いつめられ、老中職に佐倉藩主を推さなくてはならなくなった。そんな話を私は中学四年か五年のとき、教室で福田先生という漢文の先生に聞かされて、正弘公は、いつ、どこで、どんな雰囲気のとき、自分の藩校の命名を烈公に頼んだのだろうと思った。覗き趣味のようなものだが、そう思ったことを今これを書きながら思い出した。

私は農家の出身で、幾らかそのせいもあるだろうが、中学時代にも阿部正弘公を大して崇めていなかった。幕末のころの私の先祖や近隣の人たちは、殿様を恨む百姓一揆を秘かに歓迎していたと思われる節もあるほどだ。しかし福山の士族出の生徒たちは、正弘公を不世出の名君としていたようだ。しかも若くして亡くなった名君を惜しむあまり、政敵井伊直弼の意を受けた正弘公の侍医伊沢蘭軒が、自分の倅の榛軒に命じて置毒《ちどく》せしめたという流言を信じているものが多かった。私もそれを信じたが、後になって根拠のない流言だと知った。正弘公の最後の治療をした侍医は榛軒でなくて実弟の柏軒であった。それも蘭軒歿後のことであるそうだ。

正弘公は進歩的な藩主であった。この殿様の御発意によって誠之館は洋学校として発足したが、当時一般に先端的と思われていた蘭学に主を置いていたものではなかったそうだ。今日残存する誠之館時代の図書目録を見ても英文の書もありその他の国の書もあって教学種目も多かったようだ。校歌を作詞した樋口先生の話では、誠之館創立当時の体操時間には、フランス式の軍事教練をやっていた。

樋口先生はピエールの太鼓を例にとって話した。国語の教科書に、ピエールという少年がアルプス越えのフランス軍隊に従軍するのを書いた一章がある。けなげな少年兵だ。挿絵で見ると、この少年が太鼓を腰の脇に吊して二本の撥で叩いている。誠之館創立当時の学生はちょうどその絵で見る通りの太鼓を叩き、その音につれて「えいえい、おうおう」と行進する。ただ行進するだけでなく、太鼓の音の変化によって忽ち一列縦隊に早変りする。次に、そのまま行進をつづけるかと見るうちに、はたと立ちどまって「おりしき」の姿勢になる。

樋口先生は福山藩士の家の出身で福山中学校の卒業生でもあった。たぶん誠之館創立当時の学生であった父親から聞かされていたのだろう。鼓手が太鼓叩くところを見て来たように身ぶり手真似で話した。「ぶかぶか、どんどん、ぶかぶか、どんどん」と先生は太鼓の音を形容した。こんなつまらないことだけ私ははっきり覚えている。（樋口先生は後に東京に出て、大正末期に近松文学の辞典を編纂した。戦後、朝日新聞社から近松研究の書を出した。近松研究に生涯をかけた先生である）

6

私が在学していたころの福山中学には、幕末のころ建てられた藩校（誠之館）の小講堂や附属の建物が残っていた。それが廊下つづきになっているので複雑な設計のようであった。一階建で木目の通った柱や天井板が使ってあった。大玄関の柱はケヤキであったと思う。「誠之館」と大書した水戸烈公筆蹟の扁額が掛かっていた。

この誠之館時代の建物のうち、私たちが使っていたのは習字教室にしていた小講堂と、剣道場にしていた廊下つづきになっている一棟である。その他は、小使室、宿直室、給仕室、事務員室、校長室、教員室などに振向けられていた。白壁の倉も独立して一棟あった。それから誠之館時代に集めていた和漢洋の書籍を納めた書庫のほか、孔子の像を祀った一室もあると云われていた。

この歴史的建造物と共に私の印象に残っているものがある。それは学校の靴屋だが、大玄関右手から習字教室の方へ行く通用口のわきに、雨の降らない日は必ず靴屋が露天の店を出していた。新しい靴を一つ二つと中古品の靴を二つ三つ並べ、いつも靴なおしの台に向って古靴の修繕をやっていた。生徒がそのそばを通ると、誰彼となく声をかけた。

「何々さん、もう靴を修繕してもよいでしょうが。その靴、もう直すころですよ」

誰に教わっていたものか、二年生以上の生徒の名前はたいてい知っていた。

この靴屋は仕事熱心の男であった。雨がしとしと降るぐらいの日にも店をひろげていた。生徒が靴の修繕を頼むと履きかえの古靴を貸してくれ、一時間の授業をすまして出て来ると修繕が出来ている。二時間や三時間で修繕できない靴は、家に持ち帰って翌日は直したのを返してくれる。漢文の時間に福田先生が、「精励恪勤《かっきん》」という熟語は学校の靴屋のためにある言葉のようなものだと云った。私も何度かここで靴を修繕してもらった。兵式体操で履くために、兵隊靴の古手もここで買った。

私は「精励恪勤」という言葉を見るたびに、この靴屋の古靴を直している姿をちらりと思い出す。同時に、福田先生がチョークをもって黒板に「精励恪勤」と流麗な筆蹟で書く姿を思い出す。生徒の方へ半ば体を向けたまま器用に黒板に書くのであった。

剣道場は誠之館時代からの剣道場だったようだ。南側と北側にずっと無双窓がついていた。入口の戸は引違えのごつい板戸である。正面、剣道師範の坐る後ろの白壁に、太い大きな字を書いた掛額があった。今、その文字を思い出せない。寄宿舎にいたころは、日曜以外よくここに通ったので、見あきるほど見た筈なのに忘れている。「誠」という字であったような気もするし、「誠之」という字であったようにも思う。「仁義」という字であったようにも思う。そんな文字は私の肝に銘じなかったから忘れたのだろう。ただ、感じのよくない筆蹟だと見ていたことだけは覚えている。

剣道のことを、中学のころ私たちは撃剣と云い、小学校のころは剣術と云っていた。時代により云いかたに変化があった。今後もまた変るだろう。天保生れの私のお爺さんは、私が中学生のころも昔流儀で剣法と云い、剣道家のことを「剣法使い」と云っていた。

中学時代、剣道での私の階級は、三年生のとき二級になって、それから後は一向に進まなかった。私の一級下の清水起六という生徒は、私が五年のときには武徳殿の二段になって、後でまた三段になったということだ。清水は私の隣村の子供だが、私の剣術のことを棒振剣術だと云ったそうだ。三段の剣士から見ればそれに違いない。

　私は剣術を見るのが好きだ。一昨年（昭和四十三年）は、早慶剣道仕合を見に行った。不断はテレビのチャンバラ劇を見て間に合わしているが、真に迫るのは一つもない。以前、沢田正二郎といって新国劇にチャンバラのうまい俳優がいた。これは本当に斬れると思われるように刀を振りまわした。いつか新聞か雑誌で見たが、大きな口髭を生やした長岡外史という剣術好きな将軍が、沢田正二郎の「大菩薩峠」を見て感動したと書いてあった。机龍之助が罪のない相手をばたばた斬り倒すと、将軍は棍棒のような大きな八字髭を左右にしごいて「ううむ、なかなか使うわい」と呻《うめ》いたという。こんな気分でチャンバラ劇を見ると面白い。

　話が脇道に反れていた。

　習字教室は藩校時代の小講堂だから南側の廊下が広くて軒が深く、室内がほの暗い筈なのにそれほどでもなく、しっとりした感じがあって悪くなかった。

　習字手本は拓本石版刷の三体千字本である。一年生のときの習字の先生は門田杉東《もんでんさんとう》先生といって八十歳前後の老人だが、幼いころから江戸に出て江戸で漢学修業したので東京弁を使っていた。あるとき鼻をかむのに片手で手拭を鼻に当て、鼻をぶるぶるっと鳴らす音をさした。生徒が笑うと、「鼻をかむのが何で可笑しい」と苦笑いした。

福山近辺では鼻をかむことを「鼻をしゅむ」と云い、また鼻をかむには塵紙を使う。それを手拭でかむから可笑しいのだ。ぶるぶるっと鼻を鳴らすから可笑しいのだ。後に私は東京で、あるお洒落の老芸人が門田先生と同じやりかたで鼻をかむのを見た。私は鼻のかみかたの基本的な作法を知らないが、門田先生型がいいか福山地方型がいいか問題ではないかと思う。

門田先生の厳父は門田朴斎《ぼくさい》先生と云って、菅茶山先生の養子であった。だから杉東先生は儒家三代目の儒者と云える。先生を見れば江戸時代の儒家を偲ぶことが出来るわけだ。私の目には何となく親しみ深い洒脱な老人に見えた。習字教室を出がけに廊下に立って、青苔の庭というものについて何かと話してくれたこともある。しかし上級生の噂で聞くと、もし怒りだしたら人の諫言など一さい受附けない頑固爺に早変りする。決して甘えてはいけないと上級生が云った。

私が入学する以前の話だが、一年生の習字の時間に、いたずらっ子の一人の生徒が先生に甘えて悪い冗談をした。先生が生徒の机のわきを歩いていると、後から先生の羽織の紋に筆で墨を塗った。その羽織は、先生が若いころ殿様から拝領したもので、よごされたのは殿様家の鷹の羽の紋である。先生が激怒したのは云うまでもない。即刻その生徒を退校処分にするように校長に云いつけた。怒ると校長など子供扱いである。

校長は生徒に代って陳弁に努めたが、先生はどうしても許そうとしなかった。江戸時代の人は、殿様から拝領した羽織に絶大な権威を感じていたようだ。それが明治生れのものには徹底しなくなった。校長も閉口したことだろうが、墨を塗った生徒も困ったことだろう。

門田先生は、私たちが二年になったころ、教職から身を引いた。その記念として、最後の時間に私たちに短冊型の紙に字を書いてくれた。一年生のみんなにくれたのだ。私の貰った紙には「清吟佳可医病」と書いてあった。後に私の兄にそれを見せると、英語の辞書と交換してくれと云ったので交換した。

習字教室の廊下は、大体それと同じ長さの内庭に面していた。この庭は建物と渡り廊下で四方を取囲まれ、一日じゅう日が当らないから一面に青苔が生えていた。いつか門田先生は廊下で立話のとき、こんな内庭は壺前栽《つぼせんざい》とも云い、異人はクールと称すると云った。クールとは英語だと思っていたが、後になってフランス語だとわかった。門田先生がフランス語を知っていたとは意外だが、幕末のころは、幕府の海軍伝習隊も誠之館の学生もフランス式の教練をやっていたそうだ。飛火のように散った言葉の一つだろうか。

7

習字教室の廊下の手摺は真竹でつくられていた。おそらく青苔の庭と調和を持たせるためだ。もしそうだとすれば藩校時代からの受けつぎだろう。青苔のほかはボケの木が一株あるだけだから、真竹の手摺で庭が引きたって来るだろう。

　この内庭の隅に、畳一枚ぶんほどの大きさの浅い池があった。しかも金網の覆いをしてある池だから青苔との調和に欠けている。この池に二疋の山椒魚を飼ってあった。一疋は一尺五寸ほどで、一疋は二尺七、八寸から三尺ぐらい。ハンザキという種類の大ハンザキである。福山の招魂祭に見世物小屋で見た「印旛沼の主」というのは、ハンザキだったが、それと同じぐらいの大きさである。これは島先生という動植物学担当の古参の先生の所有にかかるものであった。島先生は寄宿舎の舎監長も兼ねて気難しい先生だが、寄宿舎にいた私は、どこかで雨蛙を見つけると、かまわず摑まえて来て山椒魚に食べさしていた。

　この山椒魚に餌をやるなら島先生の許可を得なければいけないが、私のほかにもこっそりと餌をやるものがいた。初め私は雨蛙を見つけたので摑まえて山椒魚に食べさした。それが病みつきで、田圃の蛙を捕って食べさすようになった。山椒魚がすっと浮いて来て、がぶりと一と呑みにするところが面白い。蛙を捕りに行くときには、私の同級生で寄宿舎も同室の宮原哲三と一緒に行った。

宮原は魚を捕るのが上手で、蛙を捕るのも上手であった。何か勘というようなものを持っていた。宮原が手をのばしても蛙は動かない。紙屑を拾うように蛙を捕った。蛇に睨まれた蛙という俚諺があるが、宮原に睨まれた蛙と云いたいほどであった。

そのころ私は釣が好きだったが、宮原の釣にはとても叶わなかった。宮原はカワセミのように魚を責める力を持っていた。河童のようなものである。責めることでは工夫もこらしていた。中学二年生だから物理はまだ習っていなかったが、宮原は電気仕掛で魚を捕える道具をつくった。粘土をこねて棗《なつめ》型に固め、近所の鋳物屋でその形の鋳物をつくらせて、銅線を巻いて蓄電池を拵えた。それを竹ぎれの手元に取りつけて、先の方に銅線をのばして妙な器具を拵えた。それを川のふかんどに持ち込んで、竹の先を鰻《うなぎ》の隠れている石垣の穴に突込んでやる。すると、ごぼごぼという水音を立て、飛び出して来た鰻が水面で棒のように硬直する。それを手網に受け、電気を水から離すと鰻は忽ち生きかえる。

鯰《なまず》でも鯉《こい》でも捕れる。しかし宮原のこの魚獲法は漁業の作法にも反し法律にも反していた。その魚獲器は駐在巡査に取りあげられ、当分のうち宮原は塞いでいた。その後ずっと後になって、宮原は電気工学を専攻し、蔵前の高等工業の教師をしながら電気器具をいろいろ発明し、十幾通りも特許をとった。ところが日支事変になったころ胸を悪くして、郷里の新市町の生家に籠って療養生活に入っていた。

私は一度、太平洋戦争が終って間もないころ、新市町附近の蘆田川へ釣に行った。すると偶然、川の堤にぼんやり立っている宮原に逢った。

「やあ、しばらく。このごろ御健康いかがです」と諮くと、

「相変らずです。しかしこの辺なら、釣の餌は川虫に限りますよ。あそこの淵は駄目。淵の上の段のとろが釣れます」と云った。

それだけ聞いて私は川に入ったので、よく釣れるからそれきりで別れて来た。

一昨年（昭和四十三年）宮原は釣魚随筆集「蘆田川」という本を出した。この本の「はんざき」という章で、中学時代に習字教室のわきの苔の庭に山椒魚の住む池があったことを書いている。山椒魚に「土蛙」を食べさしたことも書いている。宮原が山椒魚に蛙を与えると、私が（井吹益二と私のことを偽の名にして）やって来て「山椒魚が嚙みつくと、雷が鳴っても放さんそうなのう」と云ったので、放す放さないで口喧嘩になったと宮原は書いている。

この口喧嘩をした後、雷の鳴る日に私は宮原と連れだって、果して事実かどうか試

しに行った。そのときのことも詳しく書いている。

それは私の記憶と幾らか違う。宮原は藺草《いぐさ》で三尺ほどの細縄を編んでその先に蛙を結びつけ、山椒魚に嚙みつかせて吊りあげた。大きな雷が轟くが山椒魚は口から蛙を放さない。吊りあげた山椒魚について、宮原は次のような観察を述べている。

「（吊りあげた山椒魚に）顔を近づけて、よく見ると、頭には小さい目が二つ有ることは有るけれども、それはメダカの目のように小さい。目のふちには金色の輪があって、きらきら光っているから、これが目だということが、ようやく分るほどである。

『どうだ、ぼくが云った通りだろう……』

益二（鱒二）は、サンショウウオが放さないのを見たので、自信を深めたのかも知れない……（後略）」

山椒魚は雷が大きく轟いても、啣えた蛙を口から放さなかった。宮原はこのときの山椒魚の姿を、丹念に書きとめている。

「まるで水に漬かった兵隊靴が釣針にかかった時のように、平ったくて丸みのある黒茶色の大きなサンショウウオは、カエルにかみついたまま少しも動こうとせず、イグサ（藺草を綯《よ》った紐）の先にじっとぶら下っている。小さい指がついた短い両手をひろげたまま、頭を水の上へ出しているけれども、逃げようともしないし、口にくわえたカエルを放そうともしない。このサンショウウオは、こちらを見ているのか見ていないのか、それさえも分らないようだ……」

宮原は藺草の紐を上げ下げしたが、山椒魚の入道頭は水から出たり沈んだりするだけで、頑固に蛙を放さない。宮原は躍起になって紐を上げ下げした。すると山椒魚は口をぱくりと開けた。折も折、そのとき校内巡視のデンヒョウという兵式体操の教師が渡り廊下に姿を見せた。仇名を「鬼のデンヒョウ」と云われる意地の悪い教師である。私は逃げだそうとした。

そのときの私の態度について、宮原は「益二は、もう逃げごしになっている。デンヒョウというのは体操の教師のことである。陸軍の軍曹あがりで……」と書いている。

私は早いところ逃げだして来たが、宮原は覚悟をきめたらしい。逃げるどころか山椒魚の口のなかに観察の目を向けている。何しろ三尺に近い大きな山椒魚である。

「口の中は全体が桃色で、あごの内がわには針のような鋭い歯が何百本も重なりあって生えていて、口のなかをのぞきこむと、思わず身の毛がよだつような気がした。上あごのたくさんの歯は先が口の奥の方へ向って生えていて、それがカエルのからだに強く立ち込んで抜けないようになっている。サンショウウオが口をあけてもカエルは口から離れないのである……」

だから雷とは関係がない。宮原はデンヒョウに油をしぼられた後、藺草の紐の先に結んだ蛙を寄宿舎に持ち帰って私に見せた。私の負けだったと宮原は書いている。

後に私は、早稲田の文科に入って習作時代のころ、山椒魚を主題にして空想で短篇を書いた。無論、宮原と連れだってよく蛙を与えた山椒魚の図体や、のっそりとしてユーモラスなところを意識に入れながら書いた。生きている化石と云われるこの動物は、一年や二年は何も食べなくても生きている。蛭《ひる》もそうだ。山椒魚は、餓《ひもじ》くなると、自分の指を食って凌いでいるそうだ。そんなことも意識に入れながら書いた。大正八年に夏休みで郷里に帰っていたときだが、早稲田で同じクラスの青木南八という友達に送るために書いた。動物を主題にしたものばかり、小品七篇書いたうちの一つである。青木南八に読んでもらいたいために書いた。

　これはみんな習作として自分の手元に残し、山椒魚のことを書いた小品は、友人たちと出した同人雑誌「世紀」（大正十二年七月）に、「幽閉」という題で発表した。

　この「幽閉」という小品は、後にまた少し手を加え、いじくりまわした末に「山椒魚」と改題して同人雑誌「文藝都市」に出した。

8

私は中学三年ごろから、自分の志望を人に諮かれると画家になりたいと答えるようになった。絵が好きだから、そんな返事をするようになっていただけで、画家として生きる決意を貫こうなどというのとは違っていた。それにしても私の兄やお袋が、よくも私のぐうたらぶりを許したものだと思う。

大正六年三月、私は中学を卒業した。それで福山の文房具屋に頼んで、東京の文房具屋から絵を描く道具を一式取寄せてもらった。福山の眼科医へ近眼の度を計ってもらいに行くと、薄黒い色の近眼鏡を勧めるのでその通りにした。写生旅行に出発したのは五月下旬である。

最初に尾道へ行き、松永に引返して景色をさがしながら海岸沿いに後戻りした。能登原というところで日が暮れたが、宿屋が見つからないので磯浜の船のなかで寝た。夜の海風が寒かったので、帆を背中にかけて舷に凭《もた》れていると、年寄の男が来て酒くさい息で私を咎めた。ここで宿を借りているのだと答えると、「ここじゃ風邪をひくからうちへ来て寝んさい」と云うので、この人のうちに泊めてもらった。

その家では折から何かの集会を開いていた。大勢の人が集まって、笑ったり俗歌をうたったり手を拍《たた》いたりして騒いでいた。私はその騒ぎの聞えて来る隠居所に泊められたが、疲れていたのですぐ眠ることが出来た。翌朝、母屋の人に礼を云って心持を渡そうとすると、そんなことより朝飯代りにこれを持って行けと云って、麦を混ぜた握飯を竹の皮に包んでくれた。

親切にしてくれたこの家の隠居所は、屋根が藁葺で切妻づくりになっていた。私はその家を後々まで覚えていると思っていたが、昭和の戦争が終って間もないころ、田島へ海釣に出かけた帰り、通りすがりに見てもわからなかった。この辺では納屋でも隠居所でも寄棟づくりが多く、塩風に耐えるように殆どみんな白壁づくりで瓦で葺いている。藁葺で切妻づくりの屋根は見つからなかった。

能登原には「能登守教経の弓掛松」という松の老木がある。伝承によると源平合戦のころ平家の軍勢が暫くここに陣を構え、一時はここに新都を開こうとしていたという。それが嘘かどうかわからないが、私は自作の「さざなみ軍記」という架空話の小説のなかでこの伝承を意識に入れながら、二つ三つの場面を書いた。平家の一人の公《きん》達《だち》を主人公にした小説である。この公達の家来が高櫓の上で見張りに立っている場面も、山ノ手の本陣近くの草原で大納言の老僕が詩を口誦《くちずさ》みながら草を刈っている場面も、この能登原の地形と向うの小島を頭に入れて書いた。幼帝の叡船が浜を離れて海に浮び、その船を行在所と見て衛士の火を焚く磯浜も、すべて石ころの多いこの磯浜であったと仮定して書いた。

私は能登原から阿伏兎《あぶと》観音の祠のある岬に出て、そこから岡を越えて鞆ノ津の方に行った。途中、坂の上から直下に当って、家が三軒しかない海辺の部落が見えた。そのわきの岬全面の麦畑がすっかり黄色くなって、海の青い色と快適な調和を持っていた。私はこの坂の上から見た風景を描こうと思った。それで細い急な脇道から下りて行き、海に一ばん近い家を訪ねて一週間ほど下宿さしてくれと頼んだ。

その家の主人が、ここは室浜というところで、去年も私くらいの若い画家が一週間あまり泊って、岬の畑を絵に描いたと云った。宿賃は一日十銭ではどうだと云った。結構だと話をきめた。

この家の人たちは、私のことを「絵かきさん」と呼んだので、窮屈な気がしたが仕様がなかった。寝る場所は母屋の二階と定められた。がっしりした造りの家で二階は広い二部屋だが、置いてあるものは一方の部屋に入れてあった新しい櫓が一つだけであった。夕飯は階下で家の人たちと一緒に食べた。

食事のあと、一家じゅうで読経が始まった。主人が仏壇に向うと、その後ろに細君が赤んぼを負ぶって坐り、小学二年生くらいな男の子と、三年生くらいな女の子が脇に坐り、鐘の音がすると声をそろえて高らかに誦音をあげた。小さな子が朗々とお経を読む。海辺の人はこんなに信心ぶかいのかと驚かされた。

「絵かきさん」と男の子が私を呼んだ。「何だ」と訊くと、なぜ一緒にお経を読まないのかと云うので、読めないのだと答えると、嘘だと云った。

私の泊っていた家は、構えとしては見窄《みすぼ》らしくなかったが、お上さんは夕飯のとき麦飯にイリコのようなかちかちの干物を食べさした。海辺の人は却ってかちかちの干物を食べるようだ。翌朝も同じものを出した。麦ばかりの飯は食べにくい。お上さんは気の毒がって、去年ここに泊っていた絵かきさんは鞆ノ津で白米を買って来て、麦と混ぜ合わして炊かしていたと云った。

室浜から鞆ノ津まで一里ぐらいしかない。それで私も鞆ノ津の雑穀屋で米を一升か一升五合か買って来た。お上さんは去年の絵かきさんに教わった炊きかたで炊くと云って、その晩に麦を炊いて笊に入れ（これは「よまし」と呼ばれるもので）翌朝、それと米を半々に混ぜて炊いてくれた。なかなかうまかった。

この家の亭主は四十前後の実直そうな人である。漁師でもなく百姓一式でもなく、鞆ノ津のこちらにある窯場へ通勤で仕事に行っていたようだ。

その窯場は室浜から半みち足らずのところにあった。磯浜が少しばかり入りこんで陸《おか》がこっぽり窪んでいるところに、登窯が築かれて伊部焼に似た徳利を拵えていた。一升入りから一勺入りまで（この枡目は正確でないかもしれぬ）大小いろいろ焼いていた。鞆ノ津名産の保命酒を入れて売るための徳利である。口をコロップ栓で塞ぎ、上から竹の皮のきれで包んで紐をつけてある。鞆ノ津だけでなく福山の町でも店に吊して売っていた。色は伊部の大衆窯の製品に似ているが、土が雑で伊部より少してらてらしているのではなかったかと思う。但、保命酒徳利は時代によって窯が違う。このごろ珍重されだした色絵の保命酒徳利はまた別の窯の製品である。

私は室浜に逗留していた一週間のうちに、大型のスケッチブックに麦畑を淡彩で一つ描きかけただけであった。後は連日、子供やその遊び仲間と岩礁のところに出て、子供に借りた竿で釣をした。釣果は鰒《ふぐ》のほかは持ち帰ってお上さんに料理してもらった。チヌ（黒鯛）やギザミ（べら）など、塩辛く醤油で煮てくれたのを覚えている。

室浜を引揚げると、鞆ノ津は素通りして福山に出た。そのころの鞆ノ津は、石川寅治画伯や満谷国四郎画伯など次々と有名な画家の画材にされていた。この人たちは、ここの海の色や剝げかけた白壁や岩礁の色などに制作慾を湧かしていたようだ。私もここでスケッチしなくては嘘だと知っていたが、この町には中学時代の私の知りあいが多いので、こそこそと街を通りぬけて福山に出た。ここでもまた同じ理由から、すぐに汽車に乗って大阪に直行した。次に奈良に行き、古蹟巡りをして高野山に登り、宇治に出た。この順路は中学卒業の前の年、修学旅行で巡ったときのと同じであった。宇治から次に行った京都を終着地としたことも、修学旅行のときの真似である。

この旅行中に得た収穫は、奈良で描いた毀れた土塀に五重塔のある風景画一つだけである。後は何も描かずに漫然として巡る一人旅にした。

京都では丸太町橋のそばの和泉屋という古めかしい宿に泊った。行き当りばったりで紹介なしだが、お上さんが京都弁を使って、ばかに調子よく二階に案内してくれた。どういうつもりか、窓の縦格子を間しげく打って昼でもほの暗い部屋にしてあった。私はこの宿に一箇月あまり逗留し、その間に大型のスケッチブックに水彩で二十枚あまりの絵を描いた。私の扱った画材のうち記憶に残るのは、丸太町橋の下の流れで友禅を晒している女、川原から見た荒神橋のたもとの大きな家、下賀茂神社の糺《ただす》の森、伏見稲荷神社の境内に並ぶ朱塗の鳥居の行列、丸太町橋の下の砂洲から荒神橋の方を見た景色、それを繰返して描いた同じ景色などである。

出来のいい絵ではなかったが、これを全部、宿のお上さんに頼んで橋本関雪画伯の弟子に当る人に届けてもらった。その人は幸いお上さんの知っている荒物屋に下宿しているとのことであった。その人を介して私の絵を関雪画伯に見てもらって、弟子にしてもらえるかどうか伺いを立てるためである。私が福山中学で仕入れていた知識では、京都の画壇は東京の画壇より格が上で、しかも京都の画壇で橋本関雪は抜群の新鋭画家であった。

吉報か吉報でないか、知らせの届いて来るのが待ち遠しかった。一日千秋の思いとはこのことだ。

私は関雪画伯から返辞があるのを待つ間、天気の日には清水寺の裏山や知恩院の近辺や植物園あたりへ写生に行った。雨がしとしと降る日には雨をよけるため丸太町橋の真下の砂洲に降りて行き、川上や川下の風景を写生した。ところが、自分の注意が足りなかったことに気がついた。薄墨色の眼鏡をかけて彩色画を描くのは迂濶であった。

絵具のチューブを見てもわかることだ。赤と青と黄色の三原色ばかりたくさん使うので、この三色の絵具のチューブだけは三本目のを使っていた。他の色の絵具のチューブのうち、使い果しているのは一本もない。薄墨色の眼鏡の玉を通して色彩のある対象物を見ると、三原色に要約されて見える可能性があったのではないか。それで眼鏡を外して自分の絵を見ると、色の取りあわせが単調すぎていたのがわかる。橋本関雪ともあろう画家が、私の絵を見てその欠点に気がつかないわけがない。私はがっかりしたが、それからも落着きのない気持のまま写生に出かけていた。

或る日、写生の帰りに四条か五条の橋のたもとの画商屋に寄ると、鞆ノ津の仙酔島を描いた油絵があった。明るく、ふっくらして、しっかりしていて、いい絵だと思った。作者は満谷国四郎である。（私は今もその図がらを宙《そら》に覚えている）欲しい絵だが値段が高いだろうと、じっと見ていると、「この絵がお好きですか」と店番のお上さんが云った。

丸髷に結って、綺麗すぎるほど綺麗なお上さんである。私はすぐには返事が出来なかったが、嬋妍《せんけん》たる美女というのがこれだろうと思った。このときのことは、私の半自叙伝にも随筆にも書いたので略して書くが、「満谷さんのこの絵が好きなら、あんたも今に画家になれるだろう。画家になったら絵を持っておいでなさい。買ってあげます。今のうちに、デッサンを本格的に勉強して置きなさい」そういう意味のことを京言葉で云った。

この日、宿に帰ると悪い知らせが待っていた。関雪画伯は私の入門を断わったとのことで、絵も返してよこしていた。眼鏡をはずして見ると、やはり原色を主に使った絵になっていた。

その翌日、郷里に帰った。京都で散々だったことを兄に報告すると、画家になろうとするよりも、初めから兄が私に希望していた通り、小説家になる道を辿った方がいいだろうと云った。ちょうどその場へ、兄の友人で早稲田の商科に行っている山根雅一が来合せて、早稲田の文科を卒業すれば小説家になれるというようなことを云った。幸い早稲田では例年八月中旬か下旬に予科一年の編入試験を行うとのことで、兄は編入試験の規則書の送附を早稲田大学に依頼する手紙を書いた。私は薄墨色の眼鏡の玉が自分の運命を左右しそうになっていると思ったが、それは口には出さないで暫くその眼鏡をかけていることにした。薄黒い玉の眼鏡の方が私には似合うと思っていた。

　兄が私を小説家か詩人にしたいと思いついたのは、いつごろのことであったか私には思い当るところがない。中学時代の私の受持の先生に、お伺いでも立てた上のことかもわからない。易を見てもらうようなことはしなかったろう。いずれにしても兄貴としては、出来の悪い舎弟が八方塞がりにならないうちに、どこか一つ息の出来る穴を確保さしてやりたいと思っていたのだろう。私自身にしても、そうさしてもらいたいといったような気持であった。

解説　井伏の源泉

小山田　浩子

家族旅行の夕方、小さな古本屋に入ると井伏鱒二自選全集が積んであった。全巻揃えでそんなに高くない。七巻だけは家にあるからダブってしまうが全十二巻プラス補巻のうち一冊ダブりなんて多分大した問題ではない。箱もきれい、帯もきれい、本体には薄紙が巻いてある。夫も買ったらいいじゃないと言う。子供は料理雑誌らしいのを立って読んでいる。海外で撮影した風の表紙が鮮やかでページには二十歳そこそこくらいに見える小林カツ代が微笑んでいる。店内にはたくさん本が並んでいたが不思議に狭い感じはしない。奥の木のカウンターでなにか飲んでいる人がいた。店主らしい眼鏡をかけた女性に、あの、これ箱から出して中を見てもいいですか？「もちろんどうぞ」一番上にあったのを箱から出して確認すると月報も入っている。ページもきれい異臭もない、買おうかな、荷物になるかな、でも今日はご飯食べたら宿に帰るだけだし……箱に戻そうとするとぴしっと本を包んでいた薄紙がたわんでよじれて破れそうになった。あっ。箱の口を押して広げ気味にしてみたり小口を握ってみたりして空間に余裕を持たせ刺激を与えず箱に戻そうとしたが一度破れかけた薄紙はそんなことでは収まらない。しばらく試行錯誤したがこのままだと再起不能に裂けそうだったのであのーすいませんこれ、紙、破れてしまって……「構いませんよ、私もよく破いてしまいます」ほんとすいません、あの、それで、だからというわけではないんですがこれを買います。買うと決まったら多少紙が裂けても自分のものなのだし、でもぐちゃぐちゃになることを望んでいるわけでもないのでほどほど注意して箱に戻したがやっぱり盛大に破れた。会計中に横の棚に井伏鱒二の対談集があるのに気づいた。あ、これも。「はいありがとうございます、井伏鱒二お好きなんですか？」あーそうですね……答えに躊躇するのは著作が膨大で読んでいない作品も多いからだ。とはいえ、いままで読んだ井伏の文章はそれが小説でも旅行記でも随筆でも翻訳でもなんでも面白くなかったことはないし全著作を読まないとファンと名乗れないなんていうルールもなかろう。はい、私は井伏鱒二が好きです、憧れの小説家です。紙袋二つに振りわけてもらった十四冊の箱入り井伏鱒二を持って洋食屋に行きカツライスを食べた。名物なのだそうだ。

私は広島に生まれ育っていまも住んでおり、本書に登場する地名には馴染みがあるものが多い。行ったことがある場所、行ったことはなくても聞いたことがある場所、それがまずうれしい。表題作「広島風土記――早廻り記」冒頭、広島市の爆心地を見にゆく同行者をよそに「私はあの荒廃の趾《あと》はもう見たくなかったので、ひとり宿に残っていた」という書きぶりにちょっとハッとする。本作初出は一九五五年七月、戦後十年、井伏は「私は広島県の生れでも、広島市から四十里ある福山在の生れ」で、原爆投下時はその故郷に疎開しておりキノコ雲なども自分の目では見ていないことが本書所収の別の文章に書かれてもいる。井伏は戻って来た同行者が「原爆慰霊碑や爆心地の趾やイサム野口設計の橋を見て来たと云った」のを受けて「慰霊碑もイサム野口設計の橋も、アブストラクトという新形式のもので、いずれも灰色のコンクリート造りである。こんなのは直接工事に当る職人の技術や感覚も問題だろう」と続ける。現在の原爆慰霊碑は御影石製だが一九五二年に作られた当初はコンクリート製だったことは私も知っていた。慰霊碑や橋を「職人の技術や感覚も問題だろう」と切り捨てるのは戦後生まれの私はなかなか気づかない視座だ。そこから井伏が昨年買った「ケロイドの出た瓦」（被爆者によって土産物として売られていたことが知られている）とビキニ島の水爆実験の話題になり「広島には未だに原爆症の患者が出る。今年は六人出た。去年は七十人その病気で死んだ」と続く。まさにこの原爆症を描く『黒い雨』執筆の契機となった重松静馬の手記が井伏に送られたのは一九六二年、『黒い雨』刊行は一九六六年、ここからさらに約十年後だ。

　そこから井伏は船で宮島へ行く。宮島へ渡ったのは初めてだという。「旅行季節とはいえ、びっくりするほど沢山の観光客が押しかけていた」「広い道は進駐軍の自動車道路だから「通行禁止」という立札が出してある。実際は観光客が土産物屋の並ぶ細い道を通るようにするためだろう」「原生林のまま残っていると思われる箇所も尠《すくな》くない。樹木を大事にする島の見本である」神獣のはずの鹿は戦争のどさくさに食い尽くされ、井伏の目に映るのは記念写真屋が大鳥居とよく映る位置に針金で固定した牡鹿の剝製が一匹だけだ。厳島神社は独特で壮観でその「廻廊にセキレイがまぎれこんでいるのが愉快であった」……私の知っている宮島と知らない宮島が混じっている。人はいまも多い。原生林もある。進駐軍はいない。鹿は生きたのがたくさんいる。記念写真屋もいる。厳島神社の廻廊は海や空とそのまま繋がっているから鳥も出入りするし干潮満潮の具合によってはすぐ下に泳いでいる魚も見える。釣り好きの井伏がその点に触れていないのはそのとき干潮だったのかもしれない。宮島で一泊しそこから尾道、鞆の津、福山、井伏は床屋へ行って親爺さんと話し、宿の豪華すぎる料理は

「何だか書きたくない気持が」し、懐かしい宿の女中さんと再会し、中学時代に見た光景を思い出し「この川は蘆田川と云う。川口近くの砂洲が美しい。このあたりの風景が、私は福山附近では一ばん好きだ」と旅の記録を締めくくる。

「ふるさとの音」で井伏は「山陽線の岡山、倉敷あたりから、西は福山、鞆ノ津、尾道、三原あたりにかけて――／この辺の風土気候は、山村も島嶼《とうしょ》も含めて、極上に属するものだと私は思っている。（略）／おだやかな風景である。しかし旅から来た人は、この辺の風景は何だか日向くさいようだと云うこともある。（略）この辺の夕凪の蒸暑さは閉口だと云う人もある。それなら夕凪のときだけ、ぬるま湯の風呂に入っていたらどうだと云い返してやりたい」よその人に気候を批判されたら言い返したいくらい好きなんじゃね、そうなんじゃね、一方で「備後の一部のこと」では「安芸と備後を加えて広島県。――私は安芸については何も知らない」と言い切っている。つまり「広島」の中でも場所によって井伏の中でかなり親密度に温度差がある。それが本書を読んでいるとよくわかる。広島市や宮島は心が遠いし、鞆の津や尾道は近い。

　志賀直哉が仮寓した家を訪ね尾道へ、釣りの話を聞きに鞆の津へ、女郎を運ぶオチョロ船のことを知りに大崎島へ、神社の宝物を見に大三島へ、静養のため岡山の牛窓へ……井伏が目にしていること、子供のころや学生時代などの記憶、そして聞いた話、調べたその土地の史実が織り交ぜられながら書かれる。土地の人との会話、彼らの声やその様子の描写が印象的だ。たとえば志賀直哉を知る按摩の「岩兵衛さんはブッガンという点字の仏典を指さきで読みながら、／「こうして読んでいても、わしは直ぐ忘れますけえ」／と笑いながら云った」、鞆の津の「元一さんは江ノ浦の釣専門の漁師である。魚が餌に来たときの手応えを「口音」という言葉で云った。／「チヌは、ぐちぐちぐち……と来ます。口音のいいのはスズキです。食うと、いい音をさせます」／スズキは上脣《うわくちびる》より下脣が前に出て受口である。餌を丸呑みにするので口音が素敵である」、釣船でうっかり島に置き去りにしてしまった女中さんの「「わたしは海辺の生れです。船に暈ったことなんか一度もありません。今日はどうしたのか暈いました。すみませんです。乗せていただきます」／そう云って船に乗りこんだ」、牛窓の坂道で「坂の上から降りて来た農夫らしいのが、「急なところは、ここ一箇所ですで」と云って、笑顔で私を引張り上げてくれるような手真似をした」、中学校の通用口脇にいる靴屋の「「何々さん、もう靴を修繕してもよいでしょうが。その靴、もう直すころですよ」／誰に教わっていたものか、二年生以上の生徒の名前はたいてい知っていた」……どの相手に対しても、井伏が率直な興味と明朗な敬意を保って接しているのがわかる。同時に鋭くその声や仕草を観察してもいる。だからこそ誰もが彼に同じく敬意と好意を持って接し、それが生き生きと文章で描かれているのだろう。これらの場面が現実にあったそのままだろうとは私は思わない。しかし、この人のこの言葉、この動き、この事物のこの様相を書く、と定める筆の的確さによって、ときに読者の想像や期待を超えてとっぴだったり平凡だったり辛辣だったりするその言動や描写が、確かにこういうことがあったのだ、そんなふうに彼らは笑い、うろたえたのだと読者に信じさせる。それが世界の一部なのだと思わせる。そしてその珍妙で滑稽で理不尽で温かい世界は間違いなく、私がいま生きる世界と繫がってもいるのだと。

『黒い雨』の取材に行った高原の村は「一村二十人の救援部隊を広島に出したが、いまではそのうち一村に一人ぐらいしか生きていない。（略）十一月ごろだが寒いころだった。大根が干してあった」この「大根が干してあった」に感嘆する。歴史や語りたい主軸、文脈を前にして見過ごされそうな、普通書き入れられないような、そういう一文がしかし、ただの文章を世界にする。それは井伏の目や耳がどうやって培われてきたかということに多分そのまま繫がっている。

数多の著作から選ばれた本書の作品を読んで、井伏が身近に感じていた土地の言葉や風景や海の感じ木々の色がいかに作品に息づいているかを知ることができたのがだから私はとてもよかった。そしてそういう空気の温度や湿度を井伏がどれだけ慈しみ、大切にしていたのかも。だからこそ世界を世界のまま書くことができたのだろうということも。

（おやまだ・ひろこ　小説家）

初出一覧

I

広島風土記——早廻り記　「小説新潮」一九五五年七月
志賀直哉と尾道　「サンデー毎日」一九三五年十一月二十四日
尾道の釣・鞆ノ津の釣　「小説新潮」一九五九年四月
因島半歳記　「市政」一九五八年八月
鞆ノ津　「婦人画報」一九五七年一月
鞆は行き馴れた釣場——田島の女俊寛　「旅」一九五九年五月
消えたオチョロ船　「小説新潮」一九六〇年八月
大三島　「旅」一九六〇年八月
大三島の樟の木　『随想集「百人一樹」』下巻、書房「樹」、一九八三年十一月
備前牛窓　「新潮」一九七五年六月
ふるさとの音　「文芸朝日」一九六三年五月
備後の一部のこと　「オール讀物」一九五三年十二月
故郷の思い出　「朝日新聞」一九五七年七月二十八日
備南の史蹟　「都道府県展望」一九五九年十一月

＊

因ノ島　「文藝春秋」一九四八年一月

II

疎開日記　「〈季刊〉FEMINA」一九四八年三月

疎開余話　「素直」一九四八年五月

在所言葉　「暮しの手帖」一九五四年十二月

＊

かきつばた　「中央公論文藝特集」一九五一年六月

『黒い雨』執筆前後——被爆25周年にあたって　「赤旗新聞」一九七〇年八月二日

III

おふくろ　「小説中央公論臨時増刊号」一九六〇年七月

半生記——私の履歴書（抄）　「日本経済新聞」一九七〇年十一月一日〜二十日

編集付記

一、本書は著者の随筆・小説のうち「広島とその周辺」を描いた作品を独自に選んだものである。中公文庫オリジナル。

一、『井伏鱒二自選全集』(新潮社、一九八五〜八六年)を底本とし、上記に収録のないものは『井伏鱒二全集』(筑摩書房、一九九六〜二〇〇〇年)を用いた。

一、本文は、原則として現代かなづかい・新字体にあらためた。また、明らかな誤植と思われる箇所は訂正し、難読と思われる語には新たにルビを付した。

一、本文中に今日の人権意識に照らして不適切な語句や表現が見受けられるが、著者が故人であること、執筆当時の時代背景と作品の文化的価値を考慮し、底本のままとした。

中公文庫

広《ひろ》島《しま》風《ふ》土《ど》記《き》

2023年6月25日　初版発行

著　者　井《い》伏《ぶせ》鱒《ます》二《じ》

発行者　安部順一

発行所　中央公論新社

〒100-8152　東京都千代田区大手町1-7-1
電話　販売 03-5299-1730　編集 03-5299-1890
URL https://www.chuko.co.jp/

ＤＴＰ　嵐下英治
印　刷　三晃印刷
製　本　小泉製本

Published by CHUOKORON-SHINSHA, INC.
Printed in Japan　ISBN978-4-12-207375-3 C1195